目　录

啼笑皆非

马大哈投宿 …………………………… 2

文盲英雄 ……………………………… 6

当代酒王 ……………………………… 9

自寻的烦恼 …………………………… 12

电车奇景 ……………………………… 14

以毒攻毒

傻大嫂吃醋 …………………………… 17

搭错对象 ……………………………… 21

夜行列车 ……………………………… 25

按汗取酬 ……………………………… 29

裸体镜头 ……………………………… 32

歪打正着

黄尤栋患病 …………………………… 35

奇效牌蚊香 …………………………… 38

高徒出名师 …………………………… 40

生意人 ………………………………… 46

阿木林升官 …………………………… 50

事与愿违

翻　斗 ………………………………… 58

梁上君子 ……………………………… 63

父子过河 ……………………………… 69

凸起的腰包 …………………………… 72

小红楼打来的电话 …………………… 75

老瘾头敬烟 …………………………… 79

有苦难言

乔迁之苦 ……………………………… 83

广告效应 ……………………………… 90

鼓掌始末 ……………………………… 94

冒牌货 ………………………………… 98

背红薯 ………………………………… 105

三姑娘打针 …………………………… 110

义务劳动 ……………………………… 114

因小失大

杨小光收徒 …………………………… 118

奇怪的病症 …………………………… 122

吓人的大腿 …………………………… 125

阿狗相亲 ……………………………… 129

吃白食 ………………………………… 132

讨口彩 ………………………………… 135

坐井观天

蹩脚女婿 ……………………………… 139

胡县长醉酒 …………………………… 142

父子打赌 ……………………………… 147

SHANGHAI LITERATURE & ART PUBLISHING GROUP

故事会
精品系列

滑稽故事

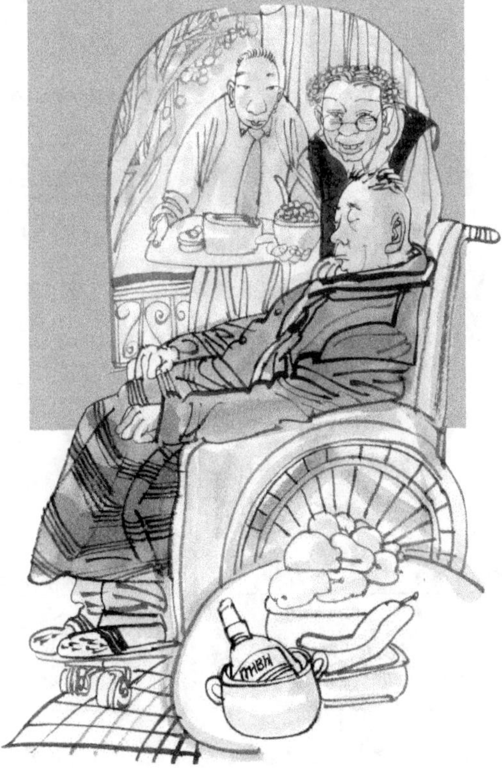

上海锦绣文章出版社
上海故事会文化传媒有限公司

上海文艺出版（集团）有限公司

图书在版编目（CIP）数据

滑稽故事 《故事会》编辑部编 – 上海：上海锦绣文章出版社
（故事会精品系列） ISBN 978-7-5321-1289-0
Ⅰ．①滑…Ⅱ．①故…Ⅲ．①故事 作品集 中国 当代 Ⅳ．I247.8
中国版本图书馆 CIP 数据核字 (1999) 第 39604 号

丛 书 名：故事会精品系列

书　　　名：滑稽故事

主　　　编：何承伟

编　　　委：何承伟　　吴　伦　　姚自豪　　夏一鸣

责任编辑：刘迎曦　鲍　放

装帧设计：王　伟

责任督印：张　凯

出　　　版：　上海锦绣文章出版社

　　　　　　　上海故事会文化传媒有限公司

POD 海外发行：　中国图书进出口上海公司

　　　　　　　电话：021–36357888

　　　　　　　传真：021–36357896

　　　　　　　地址：上海市虹口区广中路 88 号

　　　　　　　邮编：200083

海外 POD 发行版本　　　　　　　　　　　　　**版权所有·不准翻印**

啼 笑 皆 非

生活有时好像是场游戏,常常会营造出许多让人尴尬的故事。

马大哈投宿

今年8月,平时一贯马大哈的马大明因公出差到了杭州。他一下车,就被那热闹的市容、繁华的商店吸引住了。办完公事,算算还可以在市里呆上一夜,他便沿着湖滨路东走走、西看看。一晃天就黑了。这时天空布满了乌云,眼看就要下雨了。他紧走了几步,正好来到了西湖电影院门口。抬头一看,哟,今晚放映武打片《十三妹》。这可是个好电影,赶紧买了票走进了电影院。等他看完电影,外面已经下起了大雨,他只好站在电影院门口干瞪眼。他想等雨停了再走,可是,左等右等,雨却　下　大。他突然想起旅馆还没找哩,再不去找今晚可就得在外面做流浪汉了。想到这里,只好一头扎进了大雨中。

马大明冒着大雨找旅馆,不料一连走了十多家,家家门上都挂着"客满"的牌子。他不死心,转身继续找,七找八找,总算被他找到一家旅社,那里还有床位,一问,说只有单间了。马大明此时已经成了落汤鸡,他心想:单间就单间吧,价格贵一点没关系,反正就呆一夜。

马大明进了房间,把门关上后,赶紧脱下身上的湿衣裤,拧干之后晾在了挂毛巾的铁丝上,自己光着身子爬上床,放下了蚊帐,盖上了毯子。他躺在床上心里想:衣裤湿了没关系,一夜晾下来准干!想着想着,很快就进入了梦乡。

睡到半夜,马大明被尿给憋醒了。他迷迷糊糊地从床上爬了起来,打开房门正要去厕所,低头一看,才发现自己光着身子,他想去穿短裤,伸手一摸还是湿漉漉的。心想:这半夜三更的人们都睡了,再说厕所就在对面,两步一跨就过去了。想到这里,他伸出脑袋左右看看没动静,赶紧像猴似地窜进了对面的厕所。

等马大明撒完尿,刚要转身回房,不巧外面吹来一阵风,只听得"咔嚓"一声房门被风关上了,这一下可把马大明给急坏了,他想了半天也不知如何是好,要喊服务员吧,他又不敢,因为值班的是个女的。可光着身子总不是个办法呀!他左思右想,最后安慰自己说:别着急,眼下只要耐心等待,等到有人来方便,请人家帮帮忙,去把服务员叫来开门。

谁知他等啊等啊,等了老半天也没有人来。厕所里的蚊子可是特别的多,"嗡嗡嗡"就像轰炸机一样,成群结队轮番向他进攻,咬得他顾得了这一头顾不了那一头,舞手蹬足,"噼里啪啦",就像跳现代霹雳舞一样。

一把小时跳下来,马大明实在是吃不消了。他焦急地探出脑袋往走廊里一看,只见值班室的门口亮着一盏路灯,借着灯光,他看到在服务台的窗口上有一瓶墨水,不由得眼睛一亮,灵机一动想出了一个妙招。他蹑手蹑脚,沿着墙壁摸过去,拿了那瓶墨水,又转身蹑手蹑脚回到厕所里,喘了口气,定了定神,将瓶盖拧开,往手心里一倒,便在屁股上抹了起来,抹成了半条短裤,不仔细瞧还真有点像。

马大明心想:这下没关系了,反正这头灯光很暗,服务员看不出来。想到这里,他走到房门口,把身子紧贴着墙,扭头对着服务台大声喊道:"喂,服务员,请给我开开门。"

叫了几声之后,只见值班室的灯亮了,女服务员揉着眼睛,打开房门走了出来,嘴里嘀咕着:"谁呀,半夜三更哇里哇啦叫啥?"

马大明赶紧回答:"服务员同志,对不起。我刚才起来上厕所,风把门给关上了,请给我开开门。"

女服务员一听,眉头一皱,转身进去拿钥匙,马大明心里一阵高兴。

不料女服务员拿出钥匙往门口一站,对马大明说:"喂,你自己拿去开吧。"

马大明傻眼了,虽然看着服务员手里的那串钥匙,就像猫见了鱼似的,巴不得一把拿过来,可是,他不敢转身,那样非把她吓坏了不可,马大明急得不知怎么才好,支支吾吾地说:"你……你过来开一下吧。"

谁知女服务员光火了:"啥?你自己把钥匙丢在里面还怪人家。要开门快来拿,不然我可不管了。"

马大明一听吓得汗都出来了,连忙弯下身子说:"我,我走不过来呀!"

服务员看他这副样子,奇怪地问:"怎么,你病了?"说着朝马大明走了过去。

马大明的神经一下紧张起来,他索性借题发挥,捂着肚子蹲了下去,"哎哟,哎哟"地叫唤着:"你快给我把门开开,我痛得实在吃不消了啊。"

　　马大明万万没想到,他这一叫唤,反而把事情弄得更糟了。服务员还以为他真的得了什么急病,不但没有给他开门,反而连忙跑去敲其他旅客的房间,叫人起来帮忙把他送到医院去抢救。对服务员的这番好心,马大明真是哭笑不得,他觉得三十六计走为上计,连忙猫着腰又逃回到厕所里去了。

　　服务员把旅客们叫起来,转身一看,不由感到奇怪:怎么病人不见了? 连忙叫大家分头去找,等到旅客们在厕所里找到马大明,一看他那副模样,都忍不住哈哈大笑起来。

　　马大明羞得躲在里面连头都不敢抬起来。大伙问明真相,忙叫服务员打开房门,拿来了裤子,这才解了马大明的围。

　　事后,那位服务员对大伙说:"我说他这条裤子怎么这么短呢。"

(汪黎明)

文盲英雄

涂家湾有个青年，长得仪表堂堂，可就是眼睛不行。瞎啦？非也！生眼病啦？非也！那是怎么啦？经诊断乃地地道道的"文盲"是也。他扁担大的字不识几个，还得意洋洋自称是"文盲英雄"。

文盲英雄的姐姐、姐夫在汉口工作，他从小听人说："大上海，小汉口，玩一玩，不想走。"心想：我不妨去汉口玩耍一番。

到了汉口，他姐夫带他玩了一天，到了第二天，他就不要姐夫当向导了，他要独个儿天马行空地去耍耍。姐夫怕他走失方向，告诉他："我住的这个地方叫向阳街门第巷。你记着，如果走错了路，就问问人家。"他满不在乎地说："莫担心，我这百把斤的人，还记不清方向吗？"

　　他走出巷子口,回头往里瞧了瞧,记住了巷子的模样,出了巷子口,他一抬头见左边的一垛墙上用毛笔写着几个大字,一数正好六个字。认定这准是"向阳街门第巷"了。他想:我得把它描下来,免得地址忘了出洋相。于是,他伸手从衣袋里摸出一个纸烟壳来,又到不远处的一家个体商店,借来一支笔,他剥开烟壳,照着墙上的字,望一眼,描一笔、粗一笔,细一笔,长一笔,短一笔,歪一笔,正一笔,描起来。

　　这可是他长到三十好几第一次摸笔杆子当文墨人,整整花了十多分钟,才把这几个字描下来。他望着自己三十多年来第一次写的六个字,长长地吁了一口气,又得意地抿嘴一笑,这才将纸叠好,放在荷包里,然后哼着地方戏小调扬长而去。

　　哼着哼着,走着走着。不觉到了大街中心。这里人来车往,楼房如林,文盲英雄如同当年刘姥姥走进了大观园。他进了东边商店,又去南边商场,再入西北大楼,玩得痛快惬意。

　　不知不觉玩到太阳落山,文盲英雄这才记起该回姐夫家了。可抬头一看,只见东西南北,处处有路,进这儿小街,到那儿小巷,都像又都不像他姐夫那条巷子。

　　怎么办?他猛地记起了荷包里的纸条儿。就掏出来,拦住一个过路小青年问道:"同志,纸条上面写的这个地方往哪儿走哇?"

　　那青年接过纸条看了看,笑道:"哥们,你发高烧了吧。"说完甩手走了。

　　文盲英雄正愣着,那边又过来一个女人,他又将纸条递上前,彬彬有礼地问道:"同志,请问纸条上写的这个地方在哪儿?"

　　那女人一看,顿时杏眼圆瞪,将纸条摔在地下,骂了一句:"神经病!"

　　文盲英雄被骂得直翻白眼,他拾起纸条,想了一想,而后一拍大腿,自语道:难怪,难怪。常言道:劈柴要劈小头儿,问路要问老头儿。待我问老头儿去。正巧,此刻前面来了个戴着眼镜的老头儿。他迎了上去:"请问老师傅,这纸条上的地址在哪个地方?"

老头儿一看,愣了一下,然后说:"青年人,你是在和我们这些老头儿开玩笑寻刺激吧?"说罢扭头走了。

文盲英雄这下生气了:汉口这鬼地方咋到处是文盲呀!老子描下的字竟没有一个人认得。他气呼呼地往前走着。到了十字路口,见到一个民警,顿时大叫道:"有了,有了,民警同志总不会是文盲,问问他去。"

民警接过纸条一看,问道:"你没有读过书吧,这纸条是谁写的?"

文盲英雄回答道:"是我自己照着我姐夫那条巷子墙上的字一笔一画描下来的。"

民警哈哈大笑,说:"这不是地址!"

文盲英雄奇怪地问:"不是地址,是什么?"

民警说道:"这六个字是'此处禁止小便'!"

(王松平)

当代酒王

　　夜来香大酒店坐落在松江市中央大街最繁华的路段,此店历史悠久,远近闻名。

　　一日,一位约三十岁上下的汉子走进了酒店,此人身高不足五尺,高鼻窄脸,戴一顶过了时的小鸭舌帽。他选了一张靠窗子的桌子坐了下来,先要了四样精致的小菜,随后又道:"听说贵店有一种特制的红粮酒?"

　　"有的。您要多少?"餐厅服务员一边擦着桌子一边问道。

　　"先拿10瓶吧。"窄脸汉子道。

　　"请问,您几个人?"服务员瞪大了眼睛。

　　"就我一个。"

　　"就你一个!10瓶红粮酒?"服务员犹豫了一下没动地方。

窄脸汉子有些奇怪："怎么,这么大个酒店,10瓶酒都拿不出吗?"

无奈,服务员只好把10瓶红粮酒放到了窄脸汉子面前。

只见那汉子把酒一瓶一瓶地在餐桌上放好,排成长长一行。他先打开一瓶,然后把鼻子凑近瓶口闻了闻,之后便从衣袋里掏出一块雪白的手帕,把瓶口擦了又擦。接下去他又吃了一口菜,随后右手抓起酒瓶一扬脖,那一瓶无色的液体像小溪流进大海般地进了他的肚子。

红粮酒是一种烈性白酒,一瓶就是一斤,一旁用餐的人看在眼里,都情不自禁地瞪圆了眼睛。

站在一旁的那位服务员傻了似地向楼上经理办公室跑去："经理,不好了。来了一位不速之客!"

胖经理转脸看着惊恐失措的服务员,问道："什么不速之客?"

"一个人,要,要了10瓶红粮酒……"

"这个人在哪儿呢?"胖经理的音调提高了八度。

"就在楼下。"

胖经理推门便往楼下跑。忽地,他又转了回来,自言自语道："对,先叫公安局,万一出了事也好交待。"说着,他转回办公室,抓起了电话,接通了公安局。

再说,那位窄脸汉子已经喝完了8瓶红粮酒,正要开第9瓶。胖经理和那位女服务员及众多的围观者站立在一旁看着他。胖经理不时抬腕看手表,估计着公安局的人也该到了。可窄脸汉子就像什么事也没发生似的,吃一口菜,一扬脖,半瓶酒。

"请让一让。"两名公安干警拨开人群走了进来,胖经理终于松了口气,把他们领到了那窄脸汉子面前。

"同志,您是哪个单位的? 请出示一下您的工作证可以吗?"其中一名干警问道。

窄脸汉子抬起头不解地问:"有事吗?"

另一个公安干警问:"同志,您一个人喝这么多酒,心里不舒服吗?"

窄脸汉子脸上挂着笑,竖起了大拇指,连连说:"不,我心情很好。他们的红粮酒很有味道,很不错。"

"谁问你酒好坏了? 你到底想要做什么?"

窄脸汉子不紧不慢地说:"难道在这儿喝酒不可以吗?"

"不是不可以,可你……"

"我一没犯法,二没违反店规。我怎么了?"

年轻干警有些冒火:"怎么了,你喝完酒想干什么?"

"准不是个好东西,喝完酒出门就得干坏事。"

"看他长得那个德性,也不像个好人。"

"这小子肯定是个酒鬼……"

围观的人七嘴八舌地议论着。

公安干警发出最后通牒:"为了你的人身安全,也为了维护社会治安,如果你真的不说出你是干什么的,哪个单位的,我们现在就把你带走。"

"那好吧。"窄脸汉子从兜里掏出个红本本来。

年轻干警气冲冲地接了过来,只见上面写着这样几个字:

姓名:刘立华。工作单位:中华人民共和国酒类专卖局。职业:陪酒员。定量:15 斤。

(崔先凯)

自寻的烦恼

　　阿木是机械厂的青工,因小时候大脑受过伤,所以平时说话办事常缺点心眼,都快三十岁了,还是光棍一条。这天,阿木闻听同宿舍的孙步新对上象了,就前去取经。

　　孙步新也不说话,只是神气地从衣袋里掏出个红皮本子。阿木一看,眼中放光,嗬嗬,人家结婚证都开来了,那照片上的姑娘,梳着流行发型,脸上挂着两个小酒窝,美极了。阿木求他介绍经验。

　　孙步新开头不肯讲,但经不住阿木死乞白　地追问,终于低声说道:"那一年夏天,我坐火车去杭州出差,车到半途,突然身旁几个旅客蹦了起来,他们一边用手捂鼻子,一边骂:'谁放的臭屁?臭死人啦!'这时我发现对面有个姑娘面色尴尬,举止不安,看来这个屁十有八九是她放的。我见她那副窘样,觉得很可怜,就主动站起身帮她解围,说:'这个屁是我放的!屁是人身之气,哪有不放之理。你们咋唬什么!'火车到站后,待乘客们走尽,那位年轻姑娘来到我面前,感激地鞠了一躬,说:'同志,刚才的事我不知该怎么感谢你才好?'我当时也没挂在心上,只是随意地笑笑,谁知那姑娘突然脸红了起来,吞吞吐吐地要我把姓名和联系地址告诉她。回家不久,我就收到她的来信,我当即回了信,就这样,就这样……我们好上了。"

阿木听完孙步新的叙述,心想:我何不也照着葫芦划样,出去碰碰运气呢?

从此,阿木变得更加魂不守舍,他上班下班,只要一乘车,就支起耳朵,捕捉那奇怪的声音。

功夫不负有心人。终于有一天,阿木在电车上听到"咯——"一声响,他迅速一望,见有一个漂亮姑娘神色不对头,顿时大喜过望,连忙站起身,大声朝众人说:"大家不要骂,那屁是我放的。"

阿木的话音刚落,那姑娘从座位上"腾"地站起来,涨红着脸朝阿木走来。阿木定神一看,嘀,这位姑娘比孙步新那位更娇媚:瓜子脸,柳叶眉,樱桃小口,真是一个东方的维纳斯!阿木乐得眉开眼笑,要紧迎了上去。

只见姑娘推开人群,一步步走到阿木面前站定,阿木刚想理理头发,突然那姑娘柳眉倒竖,扬起手来,"啪"一声重重地打在阿木脸上。阿木"哇"地一声惨叫:"你,你……"只见那姑娘怒目圆睁,大声骂道:"姑奶奶又没惹你,你这小子为什么变着法子骂人?"阿木的好梦一下子被打得粉碎,他捂着脸,莫名其妙地申辩道:"我,我没骂……""哼,还没骂。今天姑奶奶我多吃了点,刚才打了个饱嗝,你这小子竟说是放屁,真太可恶了……"

（李勇超　搜集整理）

电车奇景

　　八月的上海,骄阳似火。老天似乎发了什么邪劲,一个劲地散发着它的热能。街头,姑娘小伙虽然穿着夏装,可是汗水仍不听使唤地滋滋往外冒。

　　13路电车满载乘客从起点站开出后不久,挤上来一位穿着时髦的姑娘。她穿一身连衣裙,孔雀蓝颜色的衣料,后背配着一排乳白色的纽扣,特别引人注目。姑娘一上车,便引起车厢内一阵小小的骚动。

　　电车起动以后,姑娘就不停地用手帕揩汗,不一会,她后背就湿了,为求凉快,她解开了连衣裙后背的第一粒纽扣。

　　几站过后,人来挤,她又解了一粒纽扣。无意中,她瞥见了贴着她站在身后的一个小伙子,他上衣敞开着,正目不转睛地瞪着自己。大热天,他还穿着蓝军服、蓝军裤,一看就知道是个外地来沪的民工。

"你,你想干什么?"姑娘气急败坏地问。

"请,请问,"小伙子结结巴巴地回答,"你,你为什么要解我的衣扣?"

(俞煜华)

以 毒 攻 毒

以眼还眼,以牙还牙,这真是:道高一尺,魔高一丈,凶人自有凶人磨。

傻大嫂吃醋

　　惠民街上有个大嫂,她走起路来像阵风,说起话来像敲钟,与丈夫阿二有时候好得割头换颈根,有时候打得鼻青眼也肿,几年来,一直是这样,大家都觉得她神经有点不正常,都叫她傻大嫂。

　　傻大嫂的丈夫阿二是建筑公司的油漆工,天天要半夜三更才回家,说是下班以后还在外面捞外快,帮人家做工。随便丈夫啥时候回来,傻大嫂从不放在心上,也不从横里去想。

　　这一天,傻大嫂吃完晚饭,就看起了电视。看着看着,大门"砰"地被推开,急匆匆走进一个人来,听脚步声,傻大嫂就知道是丈夫回来了。她身子没有挪一挪,只是歪歪头,谁知这一歪头,心里猛地一跳。只见阿二头发湿漉漉,脸色雪雪白。她心里

嘀咕:病了？正要站起来,突然觉得不对,阿二下身穿的裤子不
是他自己的,再细一看,还是一条女人的裤子。傻大嫂心里"咯
噔"了一下,两眼狠狠地朝阿二瞪了一下,坐下去继续看她的电
视。

　　这时的阿二被她一瞪,低头一看,自己也吓出了一身冷汗。
原来阿二天天晚归,并不是天天都在帮人打工,而是常常在公司
副经理金贵的老婆小白菜那里。今天正好又与小白菜在床上作
乐,谁知金贵出差提前回来了。听到开门声,阿二慌慌张张穿上
裤子,　窗而逃,没想到穿的竟是小白菜的裤子。

　　眼下阿二心急火燎,他知道:只要傻大嫂一叫一闹,不消三
分钟,整个街道全知道,万一被顶头上司金贵晓得,自己还会有
好果子吃? 一时间,阿二呆若木鸡。

　　这时电视已经结束,傻大嫂回过头来问阿二:"你说一声,心
里装着谁? 是我还是她?"

　　阿二一听,急忙跪着上去说马屁话:"真心爱着你,心里只有
你! ……"

　　"别说了,心里真有我,就上来亲三个嘴巴!"傻大嫂也像电
视里看到的一样,学起风流样了。

　　阿二急忙上去抱头就想亲,没想到傻大嫂用力一推,把阿二
掀了个趔趄,弄得阿二莫名其妙。

　　"穿着别个女人的裤子,来亲我的嘴,哼! 办不到!"

　　阿二一听,如梦初醒,急忙脱下裤子,一把扔到了床底下。

　　亲完嘴,傻大嫂就倒在床上,两腿八字伸开,还没等阿二转
过气来,她的鼻子里已经在"呼噜——呼噜"地扇风箱了。

　　再说金贵回到家里,擦好脸,洗完脚,正想睡觉,突见床头
的藤椅里有条油漆斑斑的裤子,拎起来一看,还是一条男人的,
顿时打翻了醋罐头,一股火苗在心里烧起来,对着床上的小白
菜吼道:"这是谁的裤子?"

小白菜从被窝里探出头来一看,才知阿二与自己调错了裤子,心里多少有些吃惊,眼珠一转,说:"这是我从外面拾进来当揩台布的。"说完身子往里一翻,给了金贵一个后脊梁。

金贵向来怕老婆,眼看着如花似玉的小白菜,想打伸不出手,想骂开不出口,只好反复研究着手中的裤子。突然觉得这条裤子好像看见有人穿过,再一想,对了,是阿二常穿的工作裤!于是把裤子卷卷好,放进了包里。

第二天一早,金贵拎着包,朝阿二家走去,阿二不在家,只有傻大嫂一人在烧早饭。金贵一心想从傻人嘴里探得真情,于是开口就问:"昨天你家阿二是什么时候回家的?"

"下了班就回来了,晚上一起看电视,看完了电视还亲了三个嘴,才上床睡觉!"傻大嫂傻乎乎地一面回答,一面只顾烧她的早饭。

金贵还不死心,故意说道:"你知道不知道,你家阿二在外摘野花,拈野草,你要管教管教!"

一听这话,傻大嫂可动了真火,把灶上的铲子甩得"乒乓"响,拉开嗓门喊:"你是嘴里无啥嚼,嚼你的大头蛆,告诉你,阿二心里装的只有我。"说着转过身去,屁股朝着金贵。

金贵讨个无趣,只好掏出最后一张王牌,从包里抽出一条裤子,恶声恶气地说:"你还护着他,我问你,他的裤子为啥会脱到我的房间里?"

傻大嫂接过裤子抖开来一看,马上像宝贝一样地挟在腋下,嘴里连叫带骂:"这个死鬼,害得我寻穿天,原来他为了拍你的马屁才丢的!""为我?""是的!上次阿二到你家漆家具,干得热了脱了,忘了没有带回来。"傻大嫂说着扭开自来水龙头,洗起这条裤子来。

金贵见捞不到真凭实据,只得灰溜溜地从后门走了出去。

再说小白菜近来一直忐忑不安,既怕金贵追根问底,又怕傻大嫂吵上门来,遮遮掩掩怕见阳光怕见人。由于少了一条裤子,决计要另添一条。这一天,剪了六尺布料,一大早就到风流缝纫店做裤子。谁知,她的行动都被傻大嫂看在眼里,傻大嫂拿着上次阿二穿回来的那条花裤子跟了过去。

一进店,傻大嫂如入无人之境,抚摸着小白菜手中的布料,傻乎乎地自言自语:"料子倒不错,不过好料子还得有个好式样,我这里有条裤,给你做个样。"说完,傻大嫂把裤子还给了小白菜。

小白菜接过自己的裤子,回味着傻大嫂的话中话,感到阵阵内疚,脸上红一阵、白一阵。

"如果觉得不好,就改改原样,重新做个样!"傻大嫂说完这句话,又像一阵风一样地走了。小白菜眼泪夺眶而出,她心里暗想:谁说她傻,傻大嫂比谁都聪明!

(赵雪芬)

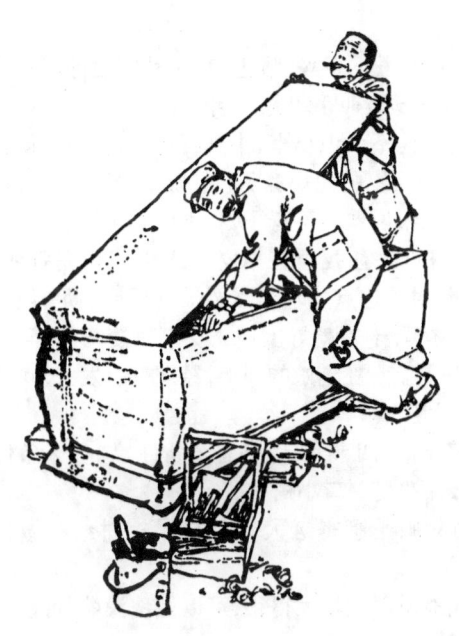

搭错对象

要知道小保管是怎样巧难老经理的,故事还得从买棺材说起。

过去这里死了人都习惯土葬,土葬就得用棺材,做棺材既费木料,造价又高。有个生产队动了个脑筋,办了个水泥棺材厂,销路倒也不错。后来县里造了火葬场,棺材一下子从紧销商品变成了滞销商品,棺材厂只得转产,剩下的几口棺材就放到粮食仓库里,委托住在仓库贴隔壁的小李保管。有人来买就卖掉,没人买就放谷。

这天,小李骑车从镇上回来,刚到家门口,走过来一个人,问道:"哎,同志,请问这里棺材店在哪?"小李抬头朝来人一看,说道:"这里没有棺材店,棺材倒有几口,你要买?""哎,我想……"

"你想买几口?"

"啊!"那个人心里很不高兴,暗想:有这种问法的吗? 你想让我一家人都死光呢,还是叫我开棺材店呀?

这个人是谁呢? 他不认识小李,小李可认识他,他是供销社的老经理。他那八十八岁的妈妈昨天晚上病故了,老太太在临死前,将儿子叫到床前,说:"妈不行了,我别的要求没有,只要你给我想办法买口棺材,让我睡在棺材里入土。"说完就死了。这位经理是个孝子,对娘这点要求当然要千方百计满足,经过打听,得知这里有棺材卖,于是就寻上门来。事也凑巧,一问就问到棺材店"老板"头上。看在老娘的面上,经理没有发火,问:"我想买一口,什么价钱?"

小李说:"价格不高,四十元,但是有个条件。""什么条件?""要搭的。""搭什么?""搭一口小棺材。"

"啊!"经理两只眼睛瞪得老大,"你搭小棺材给我做什么用?"

小李笑容可掬地说:"用场大得很,可以做洗澡盆,可以当水缸,可以盛米、装霉干菜,还可以……"

"这些我不要,你为啥硬搭给我?"

"哎呀呀,你这个人老是'我我我',怎么不想想人家! 我们不搭卖不掉,卖不掉不但是经济损失,还完不成营业指标,叫我上哪里拿奖金去! 不过我们是姜太公钓鱼——愿者上钩,不强迫,你不愿搭就不买,矛盾不就解决了吗?"

经理一听,火冒三丈:"好,我找你们领导去,真不像话!"说着转身就走。但走了几步,他又站住了,心想:不对,我买棺材可是偷偷摸摸的,一吵一闹,万一传扬出去,那影响多不好;再说,大热天,弄不到棺材,尸体会发臭的呀。想到这里,他又转身回来,说道:"好,搭就搭,小棺材多少一口?""四十元。""怎么小棺材也要四十?""你放心,不会敲你竹杠的,而且不是议价是平价,有发票的。"

经理没办法,摸出八十元付掉。然后去雇了辆拖拉机来运,他自己匆匆回家去了。

没过多久,拖拉机将棺材运到经理家里。经理一看,只有大棺材,不见小棺材,就问:"小的呢?"拖拉机手用手指指棺材,说:"在里面。"可是打开棺材盖一看,哪里有什么小棺材?只有一只捆扎得很好的纸箱子。他想:好小子,拿只纸箱子骗我四十元钱,我非和你算账不可!他一拎,啊!重得很。喔,小棺材包在里面。经理连忙叫人把纸箱抬进屋里,又将大棺材从拖拉机上卸下来。

料理完母亲的丧事,经理想起了那口小棺材,打开纸箱一看,奇怪,里面哪有什么小棺材,原来是一箱大红枣。经理觉得奇怪了,仔细一看,里面还有封信。拆开信一看,开头写着:

　　经理同志:你不认识我,我可认识你。今天对你态度不好,请你原谅。至于为啥要搭红枣给你,完全是逼上梁山……。

经理一口气将信读完,恍然大悟。

原来小李前天听说供销社敞开供应永久牌自行车,急急忙忙赶到镇上,到供销社一看,果然有,可是一问,说是要搭的,一辆永久牌自行车搭八十斤红枣。小李一算钱不够,就说:"搭红枣给我有啥用呢?"营业员态度很好,笑嘻嘻地说:"红枣用处很大,营养价值高,味道也好,裹粽子、做八宝饭、烧糯米粥都用得着,还可炖炖吃。吃了红枣,清凉排毒,还能健脾……"小李说:"我一无火,二无毒,脾胃也很健康,我用不着红枣。"营业员还是和和气气地说:"你这年轻人,为啥老是'我我我'的,就不想想集体呢?不搭卖不掉,卖不掉要虫蛀,被虫蛀掉,岂不给国家造成经济损失?再说……"小李火啦:"我不要红枣,我要……""你不要可以嘛,我们又不强迫,自行车不买,不就解决矛盾了吗?"

　　小李没法，只好向人借来了四十元钱，心想：搭就搭，我可以把红枣卖掉。他买下了自行车，又花四十元钱买下了八十斤红枣。弄了只纸箱子，把红枣装到车后，一路叫卖回来。但由于红枣已经虫蛀，他从买来的五角一斤削价到四角、三角都没人要，跑了十五里路，嗓子叫哑，出了一身大汗，连一两也没销掉。他一肚子火回到家，谁知碰上了这位经理来买棺材。他想：时不再来，机不可失，还是把这红枣还给这位经理吧。于是他就学着供销社的办法，将八十斤红枣卖给了这位经理。

　　经理看完了信，又看看供销社开出的发票，叹了口气，自言自语地说："好厉害的小家伙！"

　　这时，他老婆走过来问道："你想弄点啥吃吃？"经理指指纸箱说："吃红枣，大家都吃。"老婆一看，惊叫了起来："怎么？你买这么多红枣干啥？吃得了吗？""怎么吃不掉，炖了吃，烧了吃，再掺到粥里、饭里，搭配吃！"老婆火啦："我不要吃！"经理一挥手说："不要吃也得吃，吃了健脾，吃了清凉排毒！"

（吴炎秋）

夜行列车

　　俗话说:"要想富,贩衣服。"家住东阳村的郝达东家借、西家凑,好不容易凑足八千块钱。他仔仔细细地把钱缝在一块布包里,又紧紧地绑在腰间,然后出门乘上南下的火车,去广州贩衣服。郝达乘上火车,像小孩睡在摇篮里,很快便做起美梦来。到了半夜里,郝达被尿憋急了。他睁开睡意蒙眬的眼睛,迷迷糊糊地朝车厢尽头走去。

　　他正东摇西晃地朝前走着,猛然听到前面传来一声断喝:"喂,识相点!"郝达吃了一惊,一抬头,只见一个黑塔般的大汉右手举着把寒光闪闪的匕首,抵着自己的前胸。啊,碰上劫车土匪了!郝达困意顿时全跑光了。他猛地往后倒退一步,一个急转身就逃,谁知却"扑"一声和后面的人撞个满怀。一看,是两个姑娘,一个穿花格衬衣,一个套桃红罩衫。两个姑娘四只眼睛中射出阴冷的寒光,吓得郝达的两只脚像被钉子钉在地板上,一动也不敢动。他想前有拦路的"黑旋风",后有剪径的"扈三娘",这下子完了!

他下意识地双手紧紧护着腰部,那地方掖着的可是他的命,他的希望钱啊!他又看到两个姑娘的目光也直往他的腰里扫,他感到自己内裤湿了,人也摇晃起来。

突然,郝达只觉得身子被人一划拉,人顿时转了半个圈,那两个姑娘把他拨到了她们的身后。郝达再朝前一看,见那大汉仿佛吃了一惊,随即两眼瞪大了,跨前一步,走到姑娘面前,右手往上挑了挑刀,"嘿嘿……"一阵冷笑,说,"怎么,小姑娘还挺讲义气的嘛。既然如此,你快把钱给我掏出来……"

郝达先是一愣:怎么,姑娘和大汉不是一个山头的?他不禁为两个姑娘担心起来,可看那两个姑娘,好像没听见似的,竟然动也未动。此刻,那大汉又凑上一步,伸出左手向花格姑娘的脸蛋上摸来。郝达急得刚要叫喊,突然,花格姑娘一拧身,快得连郝达看都没看清,就听"啪"地一声脆响,一记耳光已扇在大汉的黑脸上,顿时他那左脸便凸出了五道紫印。

黑大汉勃然大怒,一边揉着脸,一边不干不净地骂道:"喝,骚丫头,胆子可真大啊!"说着话飞快地把刀横叼在嘴里,一晃身子,挥舞着双手就扑了上来。没待郝达看清,只见花格姑娘在黑大汉扑上来的眨眼间,快如闪电地一个后仰,身子靠在了椅背上,几乎是同时,"嗖"地弹出了双腿。只听:"哎哟"一声叫唤,那黑大汉就像一捆布匹被平着掼了出去,"咚"地重重地摔在了过道上。接着,又见一道红色弧光"刷"地从那大汉的身上飞了出来,落在了他的身后。原来是那位穿桃红罩衫的姑娘堵住了他的退路。两个姑娘的身手如此神速,看得郝达直伸舌头。

黑大汉从地上爬起来,攥紧了匕首,恶狠狠地骂道:"妈的,想跟老子较劲？也不打听打听老子姓什么，叫什么。今儿，我捅了你！"说着，如一头恶狼又扑了上来。花格姑娘"嘿嘿"冷笑一声，照着黑大汉又来了个兔子蹬鹰。黑大汉这次被蹬得离地更高，几乎撞到顶棚。还没等他落在地板上，只见桃红姑娘如闪电般地也躺了下来，屈着双腿，对准正在下坠的黑大汉，"嘭"地又蹬了一脚。这下好了，那黑大汉仿佛成了一只大坛子，在两个姑娘的脚上蹬来蹬去，而且姑娘传的角度极刁，又有变化，一会儿横着，一会儿竖着，一会儿正转，一会儿反转。

郝达完全忘记了刚才的险情，竟像欣赏精彩的杂技，忍不住叫起好来。这时，整个车厢轰动了，人们纷纷围了上来，鼓掌助威，有人说："中国足球队要有这两下子，早冲出亚洲了！"这么挤来挤去，反而把郝达挤到一边了。郝达猛然想到，这会儿劫车匪肯定跑不了了，我得赶快去找乘警，这么一想，立即转身挤出人群。

那黑大汉早已失去了威风，在空中飞来荡去，一双手脚乱抓乱蹬，想抓住什么，可什么也抓不住。两个姑娘倒显得挺轻松，你踢过来，我蹬过去，好像不是在蹬一二百斤的人，倒像是在踢一只鸡毛键。黑大汉受不住了，便连连求饶道："好姑奶奶，求求你们，求求你们高抬贵脚，饶了我吧！"他见两个姑娘还在不停地蹬来蹬去，只得不停声地叫祖宗："我的好祖宗，亲祖宗，饶了孙子吧！祖宗，祖宗，饶了我吧！"

两个姑娘轻轻地打了一声唿哨，悠悠地收了腿。那黑大汉像只死猪，"哐"地砸在地板上，早成了一摊泥，只有哼哼的份儿了。

花格姑娘对桃红姑娘说："二姐，再练会儿？"桃红姑娘回答："行！练精了，还能出出国！"黑大汉一听，吓得再也不哼哼了，一下子爬起来，冲着姑娘就"咚咚"地磕响头，边磕嘴里边念叨："祖宗，祖宗，您可别再拿孙子练手脚了！"桃红姑娘冷冷一笑："亏你长了这身肉,竟干这等事情,还不快把东西还给大家!"黑大汉一听,如得到大赦令,忙不迭地把刚才从别的车厢抢来的物品、钞票交了出来。

这时,郝达领着乘警赶来了。乘警看到这情景,简单地问了一下身边的旅客,然后走到黑大汉跟前,"咣当"用手铐铐住了他的双手。

乘警又来到两个姑娘面前,敬了个礼,说:"谢谢你们! 请问,两位是哪个单位的?"

花格姑娘嫣然一笑,说:"别客气,咱们是一家人!"

乘警眼睛一亮:"噢,你们是地方公安局的特警?"

桃红姑娘"咯咯"地笑着说:"哪儿啊,我们是铁路文工团杂技队的。我和我妹妹是蹬坛子的。"

乘警也笑了,指指身边的黑大汉说:"你们把他当道具了。欢迎你们经常来我们列车上寻找道具!"

大伙哄地大笑起来,在笑声中,郝达没忘记又摸了摸那腰间藏着的八千块钱。

(范大宇)

按汗取酬

　　张华承包了乡农机厂以后,凭着他的才华和能力,使一家濒临倒闭的小厂恢复了生机,最近乡政府特地安排他到旅游胜地杭州去休养。

　　这天,张华离开休养所,来到繁华的大街,足足花了半个小时,也没走出多远。原来街上人挨人、人挤人,把他挤得像大海里的小舟,随人流荡来晃去。正在他进不得、退不得的时候,一抬头,看见街头有许多出租小汽车,心想:不如要辆出租车兜兜风,既可饱眼福,又可省力气。想到这里,他忙疾步朝出租汽车走去。

　　张华刚在小汽车里坐稳,司机就问:"你去哪里?"张华用手画了个圈,说:"你随便给转几圈。"司机一听,心想:这人是来过小车瘾的，哈，乡下人来开洋荤，我得赚一票。

出租车七拐八弯地来到西湖边。张华一看，嘿，这里真是不同寻常：一边有高楼大厦，一边有一长溜种满花花草草的公园；湖里开着许多大大小小的船，把个张华看得眼花缭乱，连眼珠子也不够用了，连忙对司机说："停车停车，到了到了，我就到这里。"谁知那司机理也不理他，把车一直往前开。张华急了，连忙去摇司机的肩膀，司机火了，对着反光镜瞪着眼珠子说："摇你妈的死尸呀，马路上不好停车，懂吗？"张华想，马路上不好停车，难道那公共汽车是停在牛路上的呀？ 他尽管生气，也不敢发脾气，他知道什么地方都喜欢欺生，司机真的一发脾气，把他拉到一个很远很远的地方，到时连哭都来不及了！ 张华只好忍着性子由司机摆布了。还好，一会儿这小车开到一个开阔地，调了个头，终于慢慢停了下来。张华这才松了口气，忙打开车门，像逃难一样，一个箭步钻了出来。

张华一边掏钱包，一边问："多少钱？"司机连眼珠都没眨一下，接口便回答："20块。"张华一听，惊得眼珠也瞪了出来。"什么？ 20……块！"

司机用大拇指向外跷跷："怕贵就去挤公共汽车，何必到这里寻开心。"

张华来气了："我上车看过表的。一共才跑了这点路，你这是敲竹杠！"一听"敲竹杠"三个字，司机也从车了里跳了出来，吼道："告诉你，今天不把20块钱拿出来，你就不要想走！"

两个人互不相让，你一句、我一句地摆开了场面。附近的人都围过来看热闹。张华一看这阵势，有点担心了。心想：强龙压不过地头蛇，今天我就吃亏点算了，免得招来更大的麻烦。想到这里，张华便把口气缓和了下来："好好好，算我倒霉，20块钱给你！"说着，就这个口袋伸伸，那个口袋摸摸，准备付钱。

看热闹的人见这里的"战争"已经鸣金收兵，也就纷纷离去了,车子旁又只剩下他们两个人。张华从口袋里拿出两张 10 块的,对着司机说:"喏,拿去!"司机脸上露出了笑容,说:"做人要痛快些。"

不料他刚伸手来接钱,只见张华突然将递钱的手缩了回来,把钱往自己口袋里一塞,撒开双腿,飞也似地跑了起来。张华冷不防的举动,让司机惊得呆若木鸡。好久,才边追边喊:"抓住他! 抓住他!"

司机追得满头大汗,七窍生烟,也没追到张华,最后只得窝着一团火,唠唠叨叨地咒骂着往回走。

司机刚回到自己的车旁,那车身后面突然闪出一个人来,司机定睛一看,正是那个逃跑的乡下人,正咧着一张大嘴对着他在傻笑。

司机正想扑上去揪住他,张华不紧不慢地开口了:"不是我小气不给你钱,钱,我有的是。"说着,他又从口袋里拿出一叠厚厚的"工农兵"朝司机晃了晃,接着说,"别看钱多,可它来得不容易,我们赚点钱是要出一身汗;刚才你为了追这钱,也出了一身大汗,够得上'按劳取酬'的原则了,你现在可以把这钱拿去了。"说完,把 20 块钱朝车头一放,然后扬长而去。

(朱平章)

裸体镜头

　　某国电影回顾展期间,黑市票价卖到五元一张。为什么这么贵? 听说有些影片里有"全裸体"镜头。

　　有个学生叫郝琪,他也想开开洋荤,可这类电影票是轮不到他的。咋办呢? 他一拍脑门,想到他那专管这类片子票务的舅舅。于是,这天一早他就跑到舅舅那里:"舅舅,给一张全裸体电影票。"

　　舅舅说:"这些电影不让孩子看!"

　　"还孩子呢,我都十七啦。"

　　"没有票了。"

　　"我不信。"

　　"有票也不给你!"

"不给我就不走!"

"你不走我走!"

"你走了我下午还来!"

郝琪下午真的又去了。

舅舅神秘地塞给他一个小信封:"票在里边,全裸体! 收好,别让人看见,影响不好!"

郝琪高兴得差点跳起来。

郝琪出门找个僻静处,把小信封里的票掏出来一看,眼都直了! 怎么呢? 票倒是票,是一张浴室洗澡票。

他再一想也对:洗澡不都是全裸体吗! 把票翻过来一看,上面还用铅笔写了四句打油诗:这票送给你,保证全裸体。希望一定去,好好洗一洗。

（陈　阵）

歪 打 正 着

朝天吐唾沫,却不料吃到个大白馍,天底下有时还真会遇到这样的好事。

黄尤栋患病

　　那一年,黄尤栋才二十多岁,大学毕业留校任教。谁知教了不到半年书,便来了一场运动。

　　那天,校领导召开座谈会,要求到会的教师向党提意见。大伙轮流发言,轮到他时,他清清嗓子,在提意见之前先说上几句好话:"我们的党组织英明伟大,治国有方,使我们看到了希望。但是……"说到这里,他忽觉小腹中阵阵难受,小便憋急了,于是赶紧将要提的意见又缩了回去,站起身来打了一个招呼:"实在对不起,我小便憋不住了,我先去方便一下,等回来再接着谈。"说着,便匆匆离开了会议室。

　　等他小便回来,会议室里出现了戏剧性的变化,刚才凡是锋芒毕露直截了当提意见发牢骚的,全都被定性为"右派",唯有黄尤栋被认为"思想进步"受到了表扬,还当场被列为培养对象。

黄尤栋逢凶化吉,他知道,自己之所以没有落到同事们的下场,全靠了那救命的一泡尿!从此,黄尤栋便缄口不言,一门心思全扑在了教学上,每逢碰到争论,他总要借口小便出门回避。时间一长,习惯成自然,每逢开会讨论,他便条件反射,小腹顿时胀了起来,非要出去方便一下不可。

这一年,学校里加工资搞群众评议。黄尤栋那个系连他在内有三个教师符合条件,但名额却只有两个。校领导专门召集他们开会,要各人都谈谈自己的看法。

那时候,加工资被人戏称为:香港故事片——《生死搏斗》,气氛要多紧张有多紧张,众人一支接着一支抽烟,小心翼翼地发言。轮到黄尤栋发言,他刚"我、我……"了两声,便觉小腹发胀,尿憋不住了,于是说声"抱歉"便冲出会议室。

可谁知道等他回来,会议已经结束了,那两位同事满面春风地出了会议室。怎么回事?他忙向领导询问,领导告诉他,刚才大家一致通过给另两位加工资,就他没有。

黄尤栋心中连呼"晦气",这一泡尿竟尿掉了一级工资。

有了这一次经验,黄尤栋从此去小便之前又多了一个内容,那就是静静地考虑一番,究竟该不该尿?

事情又来了,这是黄尤栋58岁那年,他在几位同事的帮助下,科研上取得了新的成果,当他撰写的学术论文在国外发表之后,世界物理界都为之震惊,某国有关部门还特地发来专函,邀请他去国外宣读论文。这一下,全校轰动了。几位参与研究的同事谁也不客气,人人争着要去,竟将他这个主要负责人 之一旁。为此,校领导专门开会研究,究竟由谁出国。

会上,大家都摆出了充足的理由,这年头,出国的美差谁不想呀,黄尤栋一反往日的沉默,据理力争。正说到关键地方,腹部不争气,老毛病又犯了,一阵阵胀得难过。但为了能够出国,硬是牢牢憋住,坚持到底就是胜利!

有人见他脸色十分难看,便说:"黄老年纪大了,身体也不太好……"黄尤栋急了,连声说道:"没那事,我身体可好哩,几十年来,你们谁见我请过病假?"黄尤栋嘴上很硬,可肚里却叫苦不迭,他皱着眉头咬咬牙,双腿再夹得紧一点,再坚持一下……

好不容易会议结束了,领导决定由黄尤栋出国。黄尤栋高兴极了,当即起身想去方便,可谁知刚一站起身,便"啊哟"一声倒了下去,大伙忙把他扶了起来:"怎么啦?黄老,什么地方不舒服?"

"我,我尿憋急了,扶……扶我上厕所……"

然而,等大家将他扶进厕所,他却怎么也尿不出来。经医生诊断:黄尤栋因尿憋得时间过长,得了尿潴留症,需住院治疗……

(郭　西)

奇效牌蚊香

　　刘坚下班回家，路过菜市场，见那里围了一大群人，他凑过去一看，只见圈子中央站着一个跑江湖的生意人，上身赤膊，腰里束了条宽大的松紧带，正举着一盘蚊香，在那里声嘶力竭地叫喊："快来买呐，奇效牌蚊香，进口原料，无毒高效，蚊子碰着抽筋，苍蝇嗅到报销。奇效牌蚊香独家经营，领导灭虫新潮流……"刘坚这几天正为家中蚊子造反而大伤脑筋，听到这么喊，心里一动："师傅，此话当真？"那生意人一看来了顾主，高兴得连嘴上的白沫都顾不上擦："上有天，下有地，谁黑良心谁出门踩西瓜皮！今天我高兴，只收成本费，来呀，快来买呀。"刘坚平时最爱贪小便宜，听到对方这么一喊，当下掏钱买了十盘。

　　今天是星期六，一家人吃过晚饭准备去看电影。刘坚想起刚买的蚊香,就夸耀似地对妻子说:"今天我捡了个大便宜,一元钱买了十盘蚊香。"妻子一听,有些怀疑:"便宜无好货,街头的东西怕不牢靠吧。"刘坚被当头浇了一桶冷水,显得很不高兴:"你睁眼瞧瞧,这是奇效牌,要不是我手脚快,早被旁人买光了。你若不信,今晚就当场试验一下。"说完,将十盘蚊香全部点燃,关好门窗,夫妻俩便去看电影。

看完电影,刘坚夫妻回到家里,一开门,只觉得一股浓烟夺门而出,呛得眼泪鼻涕糊了一脸。刘坚好不得意:"怎么样? 正宗外国货,力道就是足。"屋内漆黑一团,刘坚摸索着朝电灯开关走去,没走几步,就碰到一个软绵绵的东西,用手一摸,"啊呀"一声,头发根根竖起。怪事呀,天底下哪有这么大的蚊子?

妻子在外面听到丈夫一声尖叫,不知出了什么事:"喂,丢魂啦,干吗不开灯?"刘坚这才缓过神来,拉亮了电灯,低头一看,"啊呀"抱头逃出房去。原来,地中央躺着一个黑衣装束的人。

还是妻子胆大,冲进去推推那人,只见他双目紧闭,牙关紧咬,早已不省人事。正在奇怪,刘坚喊起来了:"哟,大衣橱怎么开了?"妻子一看,不得了了,不但大衣橱,凡是带锁的抽屉都被人撬窃了。"这人是小偷,快去喊民警……"妻子话没说完,突然觉得一阵心闷,"哇"地一声呕吐起来。刘坚刚想伸手去扶,自己也觉得一阵头晕,像喝醉了酒似地左右摇晃。夫妻俩挣扎着跑出房外,拼命地喊叫起来。

经有关部门化验,奇效牌蚊香掺进了超量的六六六粉剂,其毒量足以致人丧命。也活该那小偷倒霉,他原想乘刘坚夫妇外出看电影上门撬窃钱财,谁想到在作案过程中,被十盘奇效牌蚊香熏倒。

事情结束后,刘坚还嘴硬:"怎么样? 一元钱抓了个小偷,这蚊香是奇效吧?"

(龚晓鸣)

高徒出名师

　　山弯里有个村子叫东溪村。有一天,村里来了一个讨饭老头,看上去年纪有七十多岁,乱蓬蓬的头发,胡子上沾满了灰尘,一张乌黑的脸,一双浑浊的眼睛,一身衣衫又破又脏,发出一股难闻的气味。小孩子看到他,吓得赶紧躲开,姑娘们看到他,恶心得连忙扭转头,好像这老头得了瘟疫一样。

　　讨饭老头伸着一双鸡爪似的手在东溪村里挨门乞讨,直到傍晚时分才慢慢出了村,一步一步地往村头凉亭走去。这时候,老头身后多了一个二十岁上下的年轻人,他推着自行车,悄悄地跟在老头后面,老头往左,他也往左;老头往右,他也往右;老头笔直地朝前走,他也笔直地朝前走。

　　讨饭老头踉踉跄跄地到了凉亭里面,想想自己老伴死得早,一个人又当爹又当娘，好不容易把三个儿子拉扯大，却谁知儿子到头来娶了媳妇忘了爹，反而把自己赶出家门。唉，人到了这一步，我还有什么盼的啊？不如死了的好！想到这儿，他伤心得老泪纵横，仰天一声长叹，抖抖索索地解下腰带，登上石条凳，往凉亭的梁上一套，两眼一闭，把脑袋伸进了绳索，就待双脚跳下石条凳，往西天而去。

就在这时候，跟在后面的那位年轻人一个箭步冲上去，一把撩开绳索，扶着老头坐了下来，然后"扑通"一声，直挺挺地跪在地上，向老头"咚咚咚"磕了三个响头。老头呆住了，忙问："你……你干什么？"年轻人抬起头，认认真真地说："老人家，我……我拜你为师！"

讨饭老头一听，丈二和尚摸不着头脑，心想：莫不是我这个叫花子遇到神经病了？便苦笑着说："拜我为师？我是讨饭的，难道你跟我去学讨饭？"

年轻人摇摇头，说："不是我跟你去学讨饭，而是请你跟我去吃饭！"讨饭老头想：大概是这位小青年可怜我，要给我一顿饭吃吧，单靠这一顿饭又有何用？便叹口气说："唉！吃了这顿没下顿，挨得过今天挨不过明天。你就让我去吧！"可年轻人说："老人家，我不是只给你吃一顿饭，而是要给你吃一辈子饭。"讨饭老头奇怪了："你……你这是干什么呢？"年轻人笑笑，说："因为你是我师傅。"说着一把搀过老头，把他扶上自行车后座。老头眨眨眼睛，以为在做梦，年轻人一声不响，推着车走了。

不一会，到家了。年轻人端出鸡蛋糕，泡了杯麦乳精，放在老头面前，老头也不管三七二十一，狼吞虎咽起来。年轻人站在一旁，目不转睛地看着老头吃饭，不时地点头说："好，好！像极了。"老头问："像什么？"年轻人说："像我师傅。"讨饭老头把肚子塞饱以后，就问起事情的来龙去脉。年轻人微微一笑，说："老人家，我知道你心里一定会感到奇怪的，我就把一切都告诉你吧。我姓李，叫李建国,是个油漆匠。从前,我有位很好的师傅,几年来我一直跟着他干活。只要有师傅在身边,我就感到心里踏实,干起活来浑身是劲。可是不久以前,师傅得急病死了,连一张照片也没留下!从此,干起活来我就神魂颠倒,有时候把红的漆成绿的,把绿的漆成红的,挨了人家不少的骂。今天我看到你,发觉你的长胡子真像我的师傅呢,我想,如果有你陪在我的身边,我就会觉得师傅还活着,干起活来一定会浑身是劲。如果你愿意,就陪着我吧,我不但给你吃饭,每天还要给你二元钱工资,另加一斤老酒,一包西湖牌香烟。"

讨饭老头一听,原来是这么一回事,不由得喜上心来,想不到自己绝处逢生,有了个养老的地方,便一口答应下来。李建国一看老头点头答应了,高兴得跳了起来。他要紧问讨饭老头姓什么,讨饭老头说姓"宋"。李建国马上双手抱拳说:"好,咱就一言为定了。宋师傅,从现在起,我就是你的徒弟了。"接着,李建国烧起热气腾腾的山泉水,拿出香喷喷的凤凰皂,捧过雪白柔软的毛巾,要宋师傅洗个澡。第二天一早,他又带着宋师傅到百货商店买了一件雪白的纺绸衫,一条黑色的纺绸裤,让宋师傅换上,还挑了一副镶金边的老花眼镜给宋师傅。左看右看,哎,对了,他要紧又去买了一根乌黑发亮的龙头拐棍,让宋师傅拄着,然后两人又直奔理发室。

理发师是个胖胖的中年人,他熟练地在宋师傅的头上大显身手,"刷刷"几下便理好了发,接着拿起刮刀,准备刮胡子。李建国急忙上前拦住说:"老师傅,这胡子可千万不能刮,这是千金难买的宝贝,一根也不能少啊!"

俗话说:"佛要金装,人要衣装。"这话一点不假。宋师傅洗了澡,理了发,换上崭新的纺绸衫裤,真可谓"旧貌换新颜"。只见他神清气爽,风度翩翩,李建国前后左右、上上下下地把宋师傅打量了一番,兴奋得眉开眼笑,他让宋师傅养精蓄锐,好好在家里休息了三天。第四天早上，他才叫出宋师傅，对他说："师傅，我们今天进城干活去。"又附着宋师傅的耳朵，悄悄说："师傅，我干活不用你开口，别人随便问你什么，你只要摸摸胡子，点点头就可以了。"然后，李建国又找出一支毛笔，往油漆桶里蘸了一蘸，在宋师傅的纺绸衫上，上点点、下点点，弄得白绸衫成了花绸衫。宋师傅莫名其妙，问他为什么，李建国笑嘻嘻地说："为了更像我的师傅啊！"说着又取出一包过滤嘴的金猴牌香烟，放在宋师傅的口袋里，这才招呼道："宋师傅，我们走！"

师徒两人走了一程又一程，中午时分进了城。又走了一段路，眼前出现了一座新楼，新楼墙上贴着一大张广告，很多人围在那里看。李建国挤过去一看，原来是一张新楼油漆活的招标广告，李建国一阵高兴，拉着宋师傅就进了楼。

两人找到基建科长办公室，办公室里早已坐了很多人，大家都缠住基建科长，想承包油漆新楼的活，都说能保证质量第一，能够把成本降到最低标准。

待人家都讲完了，李建国拉着宋师傅挤了进去，对基建科长说："科长同志，我姓李，我师傅姓宋，我们师徒俩也准备承包这座新楼的油漆活。我们历来就有这样的规矩，干完活后由你们验收，如果你们有半点不满意，我们就分文不取，重新返工。"说着，他转过头问宋师傅："师傅，你说对吗？"宋师傅想起了李建国临出来时关照自己的话，便摸摸胡子，点了点头。

基建科长听了李建国的话，眼光从李建国的脸上扫到宋师傅脸上，又从宋师傅脸上扫到李建国的脸上，最后，一拍桌子说："好，这新楼就承包给你们油漆，其他的同志请回去吧。"当下，基建科长与李建国拍板成交，签订了合同。

当天，李建国便开始争分夺秒紧张地动起手来。他端过一张凳子，让宋师傅坐在一旁，自己卷起衣袖，挥着油漆刀，认认真真地干了起来。有人进来，他就问一句："师傅，是不是这样？"宋师傅依然不说一句话，只是摸摸胡子，点点头。

时间过得很快，转眼一个月过去了，新楼的油漆活全部完成。基建科长与有关领导、专家一起，仔仔细细地进行了验收，最后大家一致认定：油漆质量达到了当前国内的一流水平。有关专家打听这油漆师傅是哪儿来的，基建科长洋洋得意地介绍了宋师傅师徒俩，说干活的是徒弟，指导的是师傅，并且还说："当初有很多人都想承包油漆活，可是我一眼就看出来了，只有他们才靠得住。"专家问："这是为什么？"基建科长说："那位老师傅银须白发，一看就知道有两下子。几十年的实践经验，当然管用喽！"专家点点头说："喔，真是名师出高徒啊！"

这一来，消息很快地传开了，很多单位都慕名而来，与他们签订合同，请他们到自己单位里干活。李建国一个人忙不过来，只得加夜班，找帮手。人虽忙，钱却是 挣 多了，李建国便又给宋师傅买了衣服，还把一天二元的工资提高到三元。

谁知，好事传千里，城里的油漆协会闻讯，决定举办一期油漆技术培训班，派人专程来请宋师傅讲课。这天，李建国为了好好犒劳犒劳宋师傅，到镇上买菜去了，家里只剩下宋师傅一个人，宋师傅闻讯后，吓得发呆了。来请他讲课的两位同志见宋师傅愣着不说话，还以为他这是谦虚，便给李建国留下一张条子，就硬把宋师傅拉上了小汽车。

训练班的开学典礼上，大家起劲地拍着手，热烈欢迎宋师傅介绍如何带徒弟的经验。几个年轻人七手八脚地把宋师傅推上讲台，宋师傅吓得舌头都吐出来了。他能够讲什么呢？台下的人一个劲地催着，喊着，他再没有办法了，只得牙齿一咬，眼睛一闭，大声说："我……我不是师傅，我是讨饭的！"众人一听，全呆得像泥塑木雕一样，也不知是真是假。正在这节骨眼上，李建国赶到了。大家连声问他，宋师傅的话是真是假，李建国看看眼前这场面，万分感慨，于是便把事情的来龙去脉都端了出来。

原来,李建国高中毕业以后,便认真钻研油漆技术,他参考了国内外有关科技资料,无师自通,苦学成才,在传统的油漆工艺基础上进行大胆的革新,掌握了一整套高超的油漆技术。可是,当李建国满怀信心准备承接各种油漆任务的时候,却接二连三地碰了壁,人们看着他那稚气未脱的脸,有的连连摇头,有的皱起眉头,还有的问他师傅是谁。他说没有师傅,于是常引来一阵讥笑:"嘴上无毛,办事不牢。""师傅都没拜过,最多是个'三脚猫'。"李建国苦恼极了。那天他进城找活干,没人肯要他,傍晚时候垂头丧气回家,刚巧看到了讨饭的宋老头,于是心生一计。结果,情况大变,自从有了宋师傅这一大把胡子,就好比有了畅通无阻的通行证,人们只要一见宋师傅,就说:"凭老师傅的这把胡子,技术肯定不会差。"看到李建国的油漆技术果然不错,又说:"真是名师出高徒啊⋯⋯"

李建国讲完了事情的原由,会场里鸦雀无声,人人陷入了沉思。这个故事像一阵风一样,在县城里传开了。有人戏谑地说:"这不是名师出高徒,倒是高徒出名师啊!"

(商建民)

生意人

开往北京的列车上,旅客们正在忙着各自的事情。这时,有个五十多岁戴眼镜的老同志闲着无聊,就凑过胖墩墩的身子,主动向对面的孩子打起了招呼:"小朋友,你叫啥名字呀?""我叫贝贝。""几岁啦?""今年六岁,我和妈妈去北京看爸爸。"

胖眼镜被小贝贝的神情逗得哈哈大笑:"贝贝嘴真巧,来,叫我一声'伯伯',我拿糖给你吃。""伯伯好。"小贝贝又奶声奶气地叫了一声。胖眼镜亲了一下小贝贝,然后站起身,从行李架上取下一只大旅行包,拉链一打开,周围的人禁不住"呀"地一声,原来旅行包里装满了五颜六色的糖果。胖眼镜用手抓一把,一边朝小贝贝的口袋里塞,一边还说:"吃,吃完了伯伯还给你拿。"贝贝的妈妈想拦也来不及了,只好连声让贝贝谢谢伯伯。

旁边有位旅客打趣道："胖同志,您带这么多糖,八成是结婚派用场吧?""看你说的,哈哈,我都当爷爷了,结什么婚? 这糖可都是自家产的。来来,各位都尝尝,味道怎么样。"胖眼镜说完,就从提包里抓出大把大把的糖,往四处分发着。

长途旅行本来就感到寂寞,如今有了话题,旅客们都围了过来。他们一边吃着糖果,一边不解地问:"老同志,你家开糖果厂?"胖眼镜也不急着回答,只是朝贝贝问道:"好孩子,伯伯的糖好吃吗?""好吃,伯伯的糖真甜。"胖眼镜像是捧回了一张大奖状,笑得眼睛眯成了一条缝。

胖眼镜笑容可掬地掏出一张名片,朝大家扬了扬,这才说道:"我先自我介绍一下,本人是上海天原糖果厂的业务推销员,这些糖是我们厂生产的。说起我们厂,已有二十多年的历史,技术先进,做工精细。有白鸭牌牛奶糖、君子兰夹心糖、宝宝乐一口酥、香草什锦水果糖、米莎泡泡糖、各式酒心巧克力等三十多个品种,另外我们还生产华丽牌礼品盒糖,价廉物美,馈赠亲友最为适宜。这些年来,我们的产品畅销全国,深受欢迎,大家如果吃着不错,请为我们厂做个义务宣传,今后买糖也请买我们厂的产品。在座的哪位如果是食品店经理,想定货的话,我们现在即可签定合同,保证按时发货。"

胖眼镜连珠炮似的说了一大通,周围的人都听呆了,半晌才明白过来,自己是不知不觉听了胖眼镜的一段广告宣传。人们不由竖起拇指,夸奖道:"嘿! 这胖同志真肯动脑筋,在列车上做起了流动广告。""厂里有这样的推销员,还愁产品卖不出去?"小贝贝也高兴地拍着手喊着:"胖伯伯在做广告,胖伯伯誉满全球,领导世界新潮流。"大伙被小贝贝的话逗得都哈哈大笑起来。

此时胖眼镜是洋洋得意,刚想再说几句,突然,在他对面有个三十岁左右的瘦高个喊了起来:"唉哟、唉哟……"胖眼镜没弄明白发生了什么事,问道:"怎么啦?"瘦高个一边吐着糖果,一边两手捂住肚子，慢慢地瘫倒在座位上。

众人看到瘦高个脸色通红，双目紧闭，嘴里还不时发出微弱的呻吟，知道出了大事，纷纷围了上来。"怎么了，同志，你哪不舒服？""我……刚才吃了几块糖，肚子痛。"啊！周围的人听了不禁大吃一惊，胖眼镜更是慌了神，紧张地扶住瘦高个问道："小伙子，你上车前没吃别的东西？""没，没有。"瘦高个艰难而肯定地回答。啊！周围的人一下炸了窝，立即都觉得自己的肚子也开始隐隐作痛，忙不迭地把没吃完的糖扔到地上。

胖眼镜没想到一桩好事，反倒砸了自己的牌子，当下黄豆大的汗珠就滚了下来，再一想，如果糖果真有毒，死了人也赔不起，所以要紧喊："快找列车长，快找大夫！"

瘦高个一听，忙抬起头艰难地说："不用找大夫，我有药。"说完，示意让人拿下挂在衣钩上的手提包。打开拉链，嘿，满满一提包药。瘦高个取出一瓶，倒出几片，用开水吃了下去。不一会奇迹出现了，只见瘦高个脸色慢慢恢复了正常，人也精神起来了。

大伙一看瘦高个没事了，都松了口气，但仍觉得心里有块石头放不下："小伙子，刚才你怎么了，是不是这糖有毛病啊？"瘦高个有些不好意思地摇摇头，"刚才我是痛糊涂了，不是糖里有毒，而是吃了甜的我的胃病又犯了。"噢，一场虚惊，旅客们这才松了一口气，胖眼镜更是如释重负，擦去脑门上的汗珠，一下子瘫坐下去，哭笑不得地教训道："年轻人，今后可要注意，我听人说，得了胃病，那可不是闹着玩的。"

"是啊，"瘦高个突然精神一振，深有感触地说，"胃病是一种常见病、多发病，稍不注意，冷、热、酸、甜过敏，就会引起胃酸、胃痛，严重时还会影响工作、生活。一旦得了，如不抓紧治疗，就会导致胃炎、胃癌。在座的各位怕也有切身体会吧？"瘦高个一席话，说得周围的旅客不住地点头。有人好奇地问道："小伙子，你刚才吃的啥药,见效那么快?"瘦高个听了微微一笑,从桌上拿起那瓶药,朝大家晃了晃,说:"我吃的是浙江新华制药厂生产的红十字牌'保胃安'。这是他们厂的新产品,去年曾获卫生部优质产品奖,现在已出口国外,打入国际市场。这种药安全可靠,无副作用,对一切酸甜过敏、胃炎、胃溃疡、十二指肠炎均有疗效。经临床实验证明,有效率达百分之九十九。你想购买,请认准红十字牌'保胃安',全国各大药店均有出售。"

　　听了他的这番话,车厢里一下子静了场,只有列车在"咔嚓咔嚓"发出有节奏的声响。过了半晌才听得胖眼镜问:"小伙子,你是……"瘦高个笑眯眯地回答:"老同志,和你一样,我也是个业务推销员,这次去北京参加订货会的。"

　　瘦高个的话音一落,车厢里的旅客明白过来了,顿时爆发出一阵欢快的笑声。

(毕研波)

阿木林升官

　　这故事发生在七十年代中期。当时老百姓的住房比现在困难多了！这一天，房管所分给金田农机厂三套公房，一大、一中、一小。得知这一喜讯，这家工厂的支部书记和革委会主任乐得眉开眼笑，你要我也要，四只眼睛都盯住了其中的一个大套。双方你争我夺，把造反劲头全用上了，整整吵了七七四十九天，谁也压不倒谁，但也总算达成一个协议，两人都不插手这事，成立一个分房办公室负责分配。

　　听说要选个分房主任，吓得厂里那些头头脑脑们出差的出差，生病的生病，溜个精光。这些人心里明白：书记和主任虽然以前都带一样的红袖章，可是彼此间勾心斗角，各敲各的锣，各唱各的调。现在是一个大套两人抢，不给哪个哪个跳。这个主任官衔,可真是老虎耕田——没人敢接。

　　眼看房管所收房租的通知急如星火,再拖下去,房权也要被吊销了,书记只好硬着头皮把主任找来,说:"分房主任这个人选,想必老兄一定是胸有成竹了吧?"主任一听,连连翻着白眼:"老兄,你是一把手,自然先听你的喽。""你先说!""你先说!"……别看两人面上如此客气,心里都恨不得变个戏法钻到对方肚子里摸摸底。推让了半天,主任一拍大腿:"嘻!咱们何不学学三国里的孔明和周瑜,你我各将要挑的人名写在手掌心上,这样谁也不能反悔!"书记跷起拇指连声说:"老兄高见,就这么办!"两人飞快地写好,喊了声:"开包!"各自松开掌心,只见上面都写着"阿木林"三个字。书记和主任一下子都明白了对方的用意,尴尬地笑了起来:"哈哈,英雄所见略同,哈哈……"

　　阿木林是一个普通的机修工人,真名叫李长林,今年快五十岁了,长得又矮又瘦,像块老笋干。因为他平时总是低着脑袋躬着腰,沉默寡言不常笑,脏活累活尽他干,便宜享受轮不到,时间长了,大家都笑他这个人呆头呆脑的样子,叫他"阿木林"。

　　协议刚刚达成,书记迫不及待地来到阿木林跟前,双手一拱说:"李师傅,恭喜呀!"阿木林吓了一跳,两只眼睛白瞪白瞪:"书记,我也有喜?"书记故作神秘地朝四下看了看,说:"哈哈,你当分房主任了,这次我可是费了九牛二虎之力才保举了你,可别让我丢脸哪。"阿木林听了,头上直冒冷汗,连连摆手:"书记,我这个人是香烟屁股——丢掉货,当官我可不会呀。"书记更加高兴了:"不要紧的,我当你的后台老板,到时候你听我的就是了。"阿木林晓得书记要把自己当猴耍,低着头,哼哼哈哈地搪塞:"书记,我这个人怕老婆,此事得先回去请示请示。"

　　阿木林心事重重地回到家,把书记的话向老伴一传达,老伴高兴得忙给他斟酒:"哟嗬,鸭吃砻糠鸡吃谷,阿木林自有阿木林的福,这次当了分房官,可别忘了隔壁那个老陈头,他家七口人挤在十二平方的小屋里,早该分他家一个大套了。""哎,你、你……"阿木林舌头打结地说,"只有一个大套,书记、主任都摆不平呢,哪轮得到老陈头呀!""咄,你不是分房主任吗? 动动嘴就成了。"阿木林苦笑着说:"你也太天真了,我是木头人做戏,不过是人家的替身,我再阿木林,这一点还是看得清的。"老伴一听,叹了口气:"完结,老陈头又没希望了,老实人难道就没个出头之日?"

老夫妻俩正谈着,主任破天荒地找上门来:"啊哟,李师傅,辛苦辛苦,我要告诉你一个特大喜讯……""当分房主任是不是? 书记已经告诉我了。"主任听阿木林已经知道了,便吃了一惊,赶紧扔过一支烟去:"抽支烟吧。"阿木林接过烟,放到鼻子上嗅了嗅,顺手夹在耳朵上。主任亲热地说:"李师傅,这次我们选你当分房主任,曲折不少,有些头头就是不相信群众,要不是我力争……唉,不说了,你心里明白就是了。"阿木林摇了摇头,说:"唉,我这个人一没威信,二没能力,跑个腿还可以,这当主任,不是聋子的耳朵当摆设吗? 主任,你另选一个吧!"主任来劲了,胸脯拍得"嘭嘭"响:"李师傅,你放心,分房的事都听你李师傅的!"阿木林一听,高兴得嘴都闭不拢:"主任真的要我尝尝当官的味道,我真不知如何谢你才好!""好了,好了,咱哥俩还分什么你我的,再说,我要一个大套,还不全仗你李师傅的大令吗!"

阿木林刚刚送走主任,书记跟着进了门:"哈,李师傅,你向老婆请示得如何了?"阿木林满脸愁容:"唉,既然领导看得起,我就面疙瘩补锅——抵挡一阵子吧!"书记大喜,刚要从袋里朝外掏烟,阿木林赶紧从耳朵上拿下烟来:"书记,请抽烟,这是主任刚送给我的。"书记一愣,心中暗暗叫苦:主任真不愧是只老蟹,竟跑到我前头来争取阿木林了。他心里这么想,脸上像没事一样,说:"李师傅,这些年咱哥们相处不错,这次分房,我就不客气地直了,那个大套,分给我儿子结婚用吧!"阿木林又将烟夹到耳朵上，长长地叹了口气："唉，书记，我这个人没出息，说出话来没人听，怕有力使不上啊。"书记眼睛一瞪，神气十足地说："我是干什么的？明天开会，我要当众宣布，分房都听你李师傅的，谁也不许插手！"阿木林算是吃了定心丸，顿时有了精神，说："既然书记下了保证，我就上，死人还管三块板，我一个大活人，这点小事还做不好？"

书记临出门前，亲热地拍着阿木林的肩膀说："李师傅，你身体不好，我家还有两瓶大补膏，待会叫我儿子给你送来，冬令进补，立春打虎啊。"阿木林受宠若惊，慌得连声喊："不敢当，不敢当，让书记破费……"书记一　嘴，将话头打断："嘻，都是自己人，客气点啥！"阿木林头点得像鸡啄米："好，好，恭敬不如从命！"

第二天，书记、主任在全厂宣布了阿木林当分房主任的决定，又根据阿木林的建议，由他自己挑选了两个热心人当助手，鼓乐齐鸣，阿木林走马上任了。

这一天，阿木林找到书记，瞧瞧四下无人，便讨好地问："书记，你中套、小套要不要？"书记一听，眉头直皱："呃，我不是要大套吗？你可别乱套啊！"阿木林恍然大悟："噢，对对，书记要的是大套，不过有人说，根据分房条件，你最多分个小套。""谁说的？岂有此理！"书记气得面红耳赤，差一点要跳起来。阿木林赶紧打圆场："书记，我看干脆把一中一小先分下去，这样你就没了后顾之忧。"书记惊奇地看了一下阿木林："哟，你还真有两下子啊，好，先把那两套分下去。"

转过身，阿木林又找到主任，挺神秘地凑着他的耳根问："主任，你要中套、小套吗？"主任一听，急了："呃，我不是说要大套吗？"阿木林点点头："噢，主任也要大套，不过，这一中一小放在那里太显眼了，万一有人提议分你一个小套怎么办？""怎么办？"主任光火了，"先把中套、小套分下去！"阿木林一听，乐得眼睛眯成一条缝:"好,我听主任的,先把那两套分了。"就这样,一中、一小两套公房顺顺当当地分了下去。

现在,大家的眼光全集中在最后一个大套上。书记、主任憋足了劲,群众也注意地看着这个任人拨弄的分房主任到底倒向谁。阿木林呢,以了解情况为名,整天东走走、西看看,但就是不提具体意见。

这一天,阿木林走在路上,被主任拦住了:"李师傅,这套房子怎么还不分啊?"阿木林声音都走了调:"主任,就一个大套,书记要,你也要,给你吧,前些天书记还送我两瓶大补膏,我怎么拉得开这张老脸?"主任 听 不是味儿,火就上来了:好嘛,兔子成精,比猫还厉害,原来是想敲我一记竹杠。再一想,现在是非常时期,阿木林真的要倒向书记,自己那个大套也就要不到了,罢!罢!等房子到手再找他算账,所以忍住火,强笑着说:"李师傅,我可没亏待过你呀,这房子的事,你心里该有杆秤呀!"说到这里,突然像发现新大陆似地叫了起来:"哟嗬,李师傅,天寒地冻的,你穿得也太单薄了,我家还有件皮背心,放着也占箱子,你先拿去穿吧。"阿木林推辞半天,才咧开嘴笑笑:"好,好,恭敬不如从命!"

世上没有不透风的墙,主任送皮背心的事不知怎么很快传到了书记的耳朵里。书记慌了手脚,当下把阿木林找来,问道:"那个大套,你到底打算怎么分啊?"阿木林心事重重地说:"书记,这些天,我是饭到嘴边不想吃,头上枕头合不上眼,真是愁死我了,有心想把那个大套给你,可主任那边怎么交账,唉,是不是派几个职工代表,上你们两家看看,谁困难就分给谁。"书记一听,就像肠子发痒没处搔,心想:真是一个阿木林,我们住房有困难,还用得着你当分房主任? 但话又不能明说,只好兜着圈子讲:"我知道你有难处,不过也就难这一次嘛,你得罪了主任,但我是不会忘记你的。"阿木林一听,连连摇手:"主任我可得罪不起，天天在他手下干活，我不是自讨苦吃吗？""别怕，给你换个环境嘛！"阿木林问："还要让我升官吗？"书记心里直乐，先骗骗他再说："嗯，领导有这个意图，不过还要看你在这次分房中的表现。"阿木林"嘻嘻"一笑，说："要升官就要升得比主任高，这样我就不怕他啦！好吧，书记放心，我一定让你称心满意。"

这一天，开完全厂职工大会，书记例行公事地问了一句："大家还有什么事吗？"只见阿木林在台下举起手来；"书记，关于那套房子的分配问题，我们分房办公室想谈一谈。"书记一看阿木林直朝自己望，心里明白了：阿木林这个分房主任算是选对了！人一高兴，嘴巴也来了劲："对啊，房子拖了不少日子，是该解决了，李师傅，你老快请上来讲！"主任开始一愣，但看看阿木林的神色，分明是在暗示自己放心，所以也热情地捧场说："李师傅就是秉公办事，不掺私情，上次分下去两套房子合情合理，全厂上下竟听不到一句反对话，不容易啊，不容易！"书记心里直乐：你这个老蟹也有失算的日子，现在你唱高调，待会叫你哭都哭不出声来。为了不让对方反悔，书记又趁势接住主任的话头，硬硬地敲了几句："主任说得对，李师傅分房，就是让全厂职工放心，今天这个大套，李师傅说分给谁，就是谁的！"主任看了书记一眼，不甘落后，也硬朗朗地表态："对，李师傅说了算，谁也不许提出异议！"

这时候的阿木林，新理的头发，新换的衣服，头昂起来了，胸挺起来了，腰直起来了，满脸红光，"噔噔噔"几步跳到台上，站在那里，竟不转过身来。底下的群众乐了："阿木林，你怎么把背对着我们呢？"阿木林只当不听见，仍然背着群众问书记："书记，你要大套吗？"书记真是气糊涂了：你怎么连句门面话都不会说，上台第一句就问我要不要大套，当着这么多人的面，我怎么启口呢？没办法，只好含含糊糊地说："李师傅，你就实事求是地说吧！"阿木林又问主任："那么你要大套吗？"主任也吃不准这个阿木林想干啥，只好吞吞吐吐地说："这个，我家是有点困难，不过，你怎么想就怎么说吧！"

两个人都想叫阿木林为自己说话，阿木林真的转过身来说了："书记、主任都要我实事求是地把情况说一说，那我就说了。"接着，阿木林就把这几天书记来找他几次，说些什么话，送些什么东西，主任又来找他几次，说些什么话，送些什么东西，一五一十全说了一遍。

书记、主任 听 沉不住气。书记一拍桌子："阿木林，你怎么好诬陷领导？我哪里为房子的事找过你啦？"阿木林直喊冤枉："咦，书记，我是在实事求是地反映情况，帮你争取房子，让大家都知道你的要求，你怎么讲我诬陷你？"主任也气得胡子直翘："你怎么能当着这么多人的面说我们的坏话，破坏干群关系？"阿木林一跺脚，冲着主任喊道："主任，你这样讲真是冤枉我阿木林了！我说的可句句是实话，你们俩送我的东西还在我身上呢！"

说着，阿木林解开衣服，露出了一件皮背心，裤带上还插了两瓶十全大补膏。台下的群众看了哈哈大笑。书记和主任羞得面孔通红。这时阿木林脱下背心，拿着两瓶大补膏，对书记、主任说："你们不要房子可以，那东西可得还你们。噢，对了，这里还有一支烟，是主任的。"说着把耳朵上的那支烟取了下来。然后双手一拍，如释重负地长长叹了一口气，说："你们都不要房子啦，好，好，恭敬不如从命。那个大套，就分给全厂居住条件最困难的老陈头吧！大家有意见吗？"台下齐声回答："没有！"阿木林一本正经地说："书记、主任让我全权负责，这事就这样定了。我这个主任也就当到这里为止了。"

老陈头做梦也没有想到房子会分配给自己，笑得嘴巴都闭不拢。他心里想：像阿木林这样的人，总有一天会升官当领导的！

（吴　伦）

事 与 愿 违

种瓜不得瓜,种豆不得豆,好不容易发了大财——想不到那竟是梦里头。

翻跟斗

　　今天,杂技团看大门的冯太忠一反常态,一早起来就换衣剃须,打扮一新,对着镜子照啊照,面孔上笑嘻嘻,心里像吃了蜜糖一样。

　　为啥?俗话讲:三十光棍床上凉,五十无孙愁断肠。冯太忠一吃年夜饭都奔五十二了,可是连个合适的对象都没找到。最近,热心肠的红娘们给他介绍了一个老姑娘,叫林兰芳。第一次见面,冯太忠就看中了林兰芳贤淑纯朴的气度,真是一见钟情哪!今天冯太忠休息,决定主动出击,邀林兰芳再出来谈谈。

　　到啥地方去谈?冯太忠直搔头皮。上公园,那里小青年搂搂抱抱,让人看了脸红心跳;逛马路,人挤车多,万一被熟人撞见,自己的耳朵根要被人讲得发烫。想来想去嘛,想到了早先常去的"老神仙"茶楼,那里远离单位,泡壶茶,边喝边聊,既经济又实惠。

冯太忠提早半个多钟头就来到约会地点。抬头一看,吓了一跳,不知啥时,"老神仙"茶楼已是"一个跟斗十万八千里",两层旧楼已和自己一样——焕然一新,只见:茶色玻璃弹簧门,金字招牌霓虹灯,连名字都变成了"奥其美"咖啡馆了。冯太忠正看得出神,旁边有个小青年轻轻问:"老师傅,看电影哦? 正宗进口片《雨中玫瑰》。"冯太忠心中怦然一动,看看对面电影院,脱口问道:"好看哦?""嗳哟,惊险,刺激,老师傅,保你坐下去站不起来。"小青年见有希望,又忙把两张票子一举:"当场票,位子好哦,7排2座、4座,您带上太太,看了保证有愁解愁,无愁强身,清神补脑,益寿延年……"冯太忠见对方 吹 豁边,忙提醒道:"喂,你是卖膏药是哦?""嘻嘻,您到底要哦?"冯太忠想起林兰芳讲过,她最爱看电影,到时喝完茶,再看场精彩电影,那倒是很"罗曼蒂克"的。于是一边伸手接过票子,看了下票价,一边掏出十元钱递了过去。小青年接过钱,朝袋里一塞,转身要走。冯太忠急了,忙一把拉住:"喂,电影票两元一张,两张四元,你还得找我六元。"小青年转过身,上一眼、下一眼瞟瞟对方,活像看一个天外来客,半晌才突然问:"翻跟斗懂哦?""懂啊!"这正叫关公面前舞大刀,冯太忠早先就是杂技团的翻跟斗演员,后来因扭伤了腰,才安排在传达室看大门。不过此刻,冯太忠无心跟他交流技艺,把手一伸:"别废话,快找钱。"这时,一帮小青年"呼"地拥上来:"啥事,啥事?"那个小青年嘴巴一 :"这老头拎不清,连票子翻跟斗都不懂。""算了吧,你多出几块钱,就算手续费,让咱弟兄弄包烟呼呼,也算是互相帮助吧。"冯太忠这才明白,自己撞上了黄牛票贩子,说实话,他是个古板人,平时极少出门,如今一家伙斩去六元钱,心痛得好比割去一块肉,可再看看那群油腔滑调的票贩子,只得长叹一口气,转身离去。

不一会,林兰芳来了,冯太忠看看表,见离电影开映尚有一段时间,就用手一指,说:"兰芳,我们先去喝杯茶,待会我请你看电影。"林兰芳文静地点点头,随冯太忠走进"奥其美"咖啡馆。

两人刚刚坐定,一位身穿红西装套裙的女服务员翩然而至:"先生,要点什么?"冯太忠很满意,今非昔比,鸟枪换炮,这里不但服务态度好,连称呼都变了,他朝林兰芳看看,林兰芳会意,说了声:"随便!"冯太忠便照以前的习惯,对女服务员说:"来两杯红茶。"女服务员没动身,只是满脸带笑地解释道:"先生,我们这里'双档'是最低起售价。"顿了下,见冯太忠似乎没听懂,又补充了一句,"'双档'就是红茶带奶油蛋糕。"冯太忠心里有点发毛,但人已坐了下来,总不能说不要吧,所以硬硬头皮,说:"那、那就来两份!"

不一会,蛋糕、红茶端了上来,冯太忠看了一下高脚杯里的红茶,见里面没有茶叶,好生奇怪,低头喝了一口,不由叫道:"妈哟,又酸又涩,这是什么玩意儿哟?"林兰芳"扑哧"笑出声来:"这是柠檬红茶。"冯太忠有些惭愧,这几年,没多大出门了,外面行情也吃不准了。他一边喝茶,一边抬眼悄悄朝账台边的价目表望,这一望,眼珠子就再也不会动弹了。

怎么回事?原来,冯太忠看到价目表上清清楚楚写着:"双档,每份七元。"他心底暗叫一声:"我的老祖宗,这个跟斗可把我害苦了。"这次出门,他身边总共带了二十元,刚才两张翻跟斗电影票用掉了一半,现在桌子上这点猫食竟要十四元,钱不够呀。一时间,冯太忠身子像中风似地剧烈地抖动起来,大滴大滴的汗珠从头上落下来。林兰芳不是冯太忠肚里的蛔虫,当然不了解对方的苦衷,见他这般模样,把手伸过来,一搭冯太忠的脉搏,吓得一声尖叫:"老冯,你这是怎么啦?""没、没什么。""我去打电话叫救护车。"这也叫急中生智,冯太忠猛地想出一个办法,只见他猛地一拍大腿:"兰芳,我光顾了高兴,出门时忘了关排演厅的电灯闸刀,万一要是高温引起火灾,那可要闯大祸呀。"噢……"
林兰芳稍稍喘了口气,随即又紧张地催道:"那、那我们快回去
吧。""不、不!"冯太忠忙把林兰芳按在椅上,说:"你在这里慢慢
喝,我下去打个电话,让其他门卫把闸刀关了。"说完,拔脚朝外
面跑去。

冯太忠到底有何锦囊妙计?说穿了很简单,他想到了袋里
的两张电影票。说实话,那两张电影票要按十元去退,冯太忠不
敢,他知道这是犯法的事情;可是翻跟斗的票要按平价去退,他
又好不心痛,可眼下火烧眉毛,他只有退票付账这条路可走。至
于后面怎么办?那就不管它了,反正是摸着石头过河,走到哪里
是哪里了。

冯太忠跑到电影院门口,稳稳神,轻轻问了声:"谁要当场
票,两元一张。"顿时,呼啦啦围过来一群人,其中似乎还有几张
熟面孔。冯太忠心里气呀,你们这帮黑心黑肺的票贩子,今晚回
家要被米饭噎死,明朝出门要被汽车轧死……就在这时,他觉得
有人在轻轻拉自己的衣服,回头一看,是一对老实巴交的小夫
妻,只见那女的可怜巴巴地哀求道:"老师傅,我们是从乡下来
的,想看场外国电影,翻跟斗票我们买不起,只好……您……"冯
太忠没听完,就毫不犹豫地将票子递了过去。

冯太忠回到"奥其美"咖啡馆,一见林兰芳,仿佛办完了一件
大事似地长长出口气:"没事了,我电话已打通。"林兰芳也放心
了,把蛋糕和红茶推了推:"快吃吧,都凉了。噢,你刚才说的电
影到底是几点的?"这头才摆平,那头又突地翘了起来,冯太忠刚
刚平静下来的心又"怦怦"地狂跳起来,他支支吾吾了一阵,才一
咬牙说:"马上就要开映了,咱们该走了。"说完,狼吞虎咽,把自
己的那份全塞进肚里。

冯太忠付完账,身边已经分文不剩,但他还是硬着头皮陪林
兰芳来到电影院门口,左摸摸,右掏掏,一时装起糊涂来:"咦,票

子呢？到底放哪儿去了？"林兰芳见冯太忠急成那副样子，心中不忍，忙安慰道："别急、别急，慢慢找。""哟，票子怕是没带出来。""那你还记得位子吗？""记、记不得了。"冯太忠开始用手敲自己的脑袋："瞧我这记性……"林兰芳见对方痛苦的样子，不禁大受感动，她好言劝道："别犯愁了，你的心意我领了，看看有没有退票的，即使没有，也没关系，今后我们一起看电影的机会多着哩。"一席话，说得冯太忠眼泪都差点掉下来。

　　林兰芳一说等退票，一个戴眼镜的小青年仿佛从地下冒了出来："票子要哦，《雨中玫瑰》，精彩，刺激，得过奥斯卡金像奖，不看后悔一辈子……"此刻，冯太忠是彻底的无产者，但当着林兰芳的面又不能说不要，只好假意问："多少钱一张？""看你们是识货朋友，便宜点，十元钱两张。"冯太忠立刻有了理由，喉咙也粗了："翻跟斗也不能这样翻法，太贵了，不要！""师傅，如今一包外烟要翻到八元，这五元一张票贵啥？"冯太忠还要争辩，林兰芳轻轻撞了他一下，真诚地说："老冯，别和他争了，你一心一意要请我看电影，我已经感到很满足了，这次贵就贵一点吧，也算是我对你的回报。"说完，掏出钱把票子买了下来。

　　冯太忠的眼眶湿润了，他掏出手绢擦擦眼睛，正想把心中的秘密一古脑儿倒出来，突然，他的眼睛又发直了，他接过林兰芳递来的电影票，睁大眼一看：一点不错，7排2座、4座，正是自己刚才退掉的那两张票，心里不由暗叫起来："我的祖宗哟，如今人的思想莫不是也翻了跟斗？"

（吴　伦）

梁上君子

　　有个青年,叫张光,他好吃懒做,还参与赌博,因此常常输得连饭菜票都买不起。

　　这天早上,张光在国营利民饭店刚偷到一只花卷,还没闻到啥味道,就被一个女营业员一把抓住了。这下热闹了,"呼啦啦"一下子围上来许多人,有骂的,有取笑的,也有感叹的。这时从外面走进来一个人,西装革履,风度翩翩,他不是别人,正是这家饭店的经理,姓王。王经理听说抓了个小偷,二话不说,上去就左右开弓,给了他两个重重的巴掌,接着又是一顿拳打脚踢,直打得张光满地乱滚,最后被押送到派出所。

　　张光在派出所蹲了一天,直到傍晚才放出来。他在街上晃荡,不知不觉又来到了利民饭店门口。闻到一阵阵饭菜的香味,他又想起了那个经理,这家伙打得自己一身有十八个乌青块,到现在还脸上火辣辣、浑身痛兮兮的,于是张光又冒出了一个想法:哪里跌跤,就在哪里报销;明的要不到,就来暗的。再偷一次,这也是最后一次,从今以后,洗手不干。他主意打定,压低了头上的鸭舌帽,就走进了饭店的大门。可他刚进饭店,发现有人从里面出来,吓得连忙闪身钻进一个黑咕隆咚的小房间里。哪知他前脚刚进门,后脚又跟进来一男一女两个人,张光一看,大吃一惊,那男的就是早上打他的王经理,那女的正是早上抓住他的服务员!

张光见状,绝望地闭上眼睛,准备吃第二遍苦了。哪知他等了半天,耳边却传来一阵笑声。睁开眼睛一看,原来那两个人嘻嘻哈哈径直来到货架前停了下来。只见王经理顺手拿了两袋味精,递给女的,说:"喏,上海货,够你鲜几个月的。"女的接过味精,微微一笑,又娇滴滴地说:"唷,介小气,又不是拿你的,再拿点木耳吧。"王经理摇摇头:"唉,你真是个填不满的无底洞,好好好,给你5斤,够了吧?"说完,拎起一袋木耳装进女的拎包里。女的顺势往王经理脸上亲了一下,转身走掉了。王经理走出门外,又回过身来,关上了门,插上铁闩,"喀嚓"一下给锁上了。

刚才这一切,张光看在眼里,听在耳里,心想:好啊,我拿了个花卷,无非是5分钱的花头,你把我抓起来,拳头、脚头加巴掌三管齐下,还用绳捆起来,像牵猢狲一样牵到派出所里蹲了一天班房。可你们自己呢?不是也在偷吗,偷得比我还凶,比我还狠!他想到这里,往四周一看,这小房间是个仓库,里面除了一扇门,没有一个洞洞,比派出所的拘留室还坚固,如今这门被锁上了,有翅膀也飞不出去。

张光有些急了,他猛一抬头,发现了新大陆。原来这房子没有天花板,上面是空的,角上一根柱子,支撑着一根大梁。"上梁去看看再说。"于是他抱着柱子,"嗓嗓"几下到了梁上,低头一看,好极了,居高临下,站得高看得远,整个饭店角角落落都在他眼里。他知道,现在店里还有人,等你们下了班打了烊,嘿嘿,我就吃它个饱,拿它个够啦!想到这里,张光就在梁上坐下来,背靠柱子,安安心心做起"梁上君子"来了。

张光左等右等,等得眼睛发花,两腿发麻,肚子饿得咕咕叫,这时喝酒的、吃饭的已经走光了,可雅座里那几个人却你敬我一杯、我敬你一碗地正喝得起劲。突然,"冷盘来啦——"一声叫,王经理亲自将一盘菜放到了桌子中央。张光一看可就愣了,一盘亮晶晶的啥玩意儿啊?再仔细一看,原来是一块块手表。

那个瘦高个好像是个头,他伸手抓起一块,放在耳朵边一听,脸上露出了笑容,一拍王经理的肩膀,说:"好小子,真会动脑筋,有点企业家的气魄!"王经理忙说:"这还不是根据你'让客人感到实惠'的指示办的吗?来来来,诸位吃吃吃,都吃到袋里去,我收盘子啦。"大家一听都嘻嘻哈哈地一人抓一块放进了口袋,最后盘里还剩一块,瘦高个端起盘子递给王经理,说:"我们都吃饱了,这点剩菜给你做个纪念吧。""谢谢,谢谢。"王经理将手表装进袋里,端着盘子走了。

客人们吃饱喝足,还得了块手表,一个个眉开眼笑,一些在办公室里难以解决的问题,都在一片嘻嘻哈哈声中迎刃而解了。最后,瘦高个拍拍王经理的肩膀说:"辛苦你了,账么,明天来结。""没事没事。"王经理送走了客人,也拎起两瓶洋河大曲走掉了。

王经理一走,店里可就热闹了,有发牢骚的,有骂山门的。炉台师傅说:"你们不用叫,也不用跳,人家能拿,我们就不能吃吗!反正是唐僧和尚的肉,来,弄几只像样的菜吃吃。"于是切菜的切菜,上灶的上灶,一阵忙碌,七八只菜烧好,大家围坐一桌,大曲、五加皮、葡萄酒、竹叶青、橘子水,各取所需,大吃起来。风卷残云,这伙人一会儿就把桌上的东西吃得精光,然后"乒乒乓乓"扔下碗筷回家了。

这一来，梁上的张光可急坏了，心想：老子今天一天没吃过东西，在这梁上等得腰酸背痛，你们倒好，手表拿拿，酒菜吃吃，连冷包子也不给我留下一个。他刚张口要骂，只听下面传来女人轻轻的哭泣声。仔细一看，原来账台旁还有个姑娘，一边数钞票一边在哭，只见她数了一遍又数一遍，最后又摸出钱包，将里面所有的钱倒出来一数，只有3元钱。正在这时，从门外跑进来一个人，张光一看，认识的，就是那个拿了味精还要木耳的女人。

女人见姑娘在哭，就问："小英，你怎么啦?"姑娘说;"阿姨，我今天错出去4元5角钱，可我身边只有3元钱，是准备明天给妈妈买药治病的，现在统统赔上还不够呀!"说着又大哭起来。这女人听姑娘这一讲，就笑笑说："噢，我以为什么大不了的事呢，这点鸡毛蒜皮的事，哭啥!"她说完，从口袋里摸出一张5块头，递给了姑娘："喏，钱我赔了，你妈妈有病，快回去照顾，我代你值班。"姑娘非常感激，就将钞票放进抽屉，锁上以后，说道："阿姨，真对不起你。""你别说啦，同事之间互相帮助是应该的，你快走吧。"姑娘走了。

饿得眼睛直冒金星的张光一看高兴了，心想：这女人的心倒还不错么，我要是下去求求她，也许她也会给我点吃吃，对，下去试试。他刚想从柱子上下来，只见女人走到账台旁边，摸出钥匙，开了锁，从那一叠钞票里抽出5张10块的放进口袋，然后仍旧锁上，张光一见，"啊"地一声差点叫出声来。

就在这同时，"吱"一声，门被推开，一个男人进来，一把将女人抱住。张光心想：好，贼骨头碰上流氓，老子今天坐山观虎斗，看看谁压倒谁! 哪知那女人一不叫二不喊，只是说："去去，正经点好不好，动手动脚像什么样子?"说来也怪，她这一说，男的果然松了手，嬉皮笑脸地说："唷，装啥假正经，走，房间里去。"一听声音一看脸，张光认出来了，他不是别人，正是王经理。啊，他们是老搭档呀!

王经理拉起女的进了房间,不一会儿又灭了电灯,整个饭店一片漆黑。这可害苦了张光,他一无手电,二无火柴,从梁上下来,好不容易摸进炉台间,不小心把一只碗碰倒在地上,"乒乓"一声打得粉碎。

声音惊动了房间里那一男一女。王经理说:"哎,啥东西?会不会有贼?"女的说:"门都锁了,贼从哪里进得来? 也许是偷吃的猫,管它呢。"张光听见这些话放心了,连忙用手捂住鼻子,"咪呜!"学了声猫叫,然后放开胆子找起吃来。可是他运气实在不好,摸了半天,也没摸到好吃的东西。看看时间不早了,也该走了。可他一看坏了,前门锁了,后门没有,窗户上都有铁栅子,从哪儿出去呢? 没办法,只好又爬上梁去,靠着墙迷迷糊糊地睡了一觉。

第二天一早,他被一阵哭声惊醒了,原来上班时间到了。那位小姑娘来到账台前,打开锁,取出钞票一数,发现少了50元,就"哇"地一声大哭起来。她这一哭,惊动了大家,围上来一问才知少了钱,连忙去找王经理。

王经理来了,问明了情况,检查了现场,然后又问那个女人:"昨晚你代她值班,没有听到啥动静?"那个女人眼睛一白,说:"哟,我好心得不到好报,成了嫌疑犯啦! 照我说呀,这抽屉是锁着的,又没撬过,谁也没有孙悟空的本事,能把里面的钱偷出来。再说,贼骨头既然偷了,为啥只偷50元而不全部拿走? 我看这钞票十有八九是小英自己拿的。小英姑娘,你家经济困难提出来,大家可以帮助你,何必这样做呢,弄得大家六神不安!"姑娘听她这一说,气得面孔铁青,浑身发抖,"我……我……"连话都说不出来了。

就在这时,张光再也忍不住了,"嗖"地从柱上滑了下来。大家一看,正是昨天早上抓住过的小偷,就"轰"一下围了上去。张光说："我是小偷,我在梁上待了一个晚上,你们千万不要打我,先把我送派出所去,我彻底坦白,争取立功赎罪。"说着张光伸出了双手,让他们给绑起来,好送派出所。

突然,只听到那女人一声厉叫："你这害人的东西,送派出所没用,出来还害人,打死他!"王经理也补了一句："给我狠狠地打!"这一叫,几个愣小伙一哄而上,拳头巴掌,几下子就将张光打得趴在地上不动了。大家仔细一看,见他眼睛翻白,口吐鲜血,连气也没有了。一个人说:"啊!死啦,怎么这么不经打?"王经理说:"死了好,为民除了一害,现在我去派出所报案,不过大家要统一口径,不能说是打死的,只说是他自己从梁上掉下来跌死的。"说完就直奔派出所。谁知等派出所的同志一到,张光却一骨碌地从地上爬起来,一歪一扭地跟着民警走了。

张光心里可高兴了,心想:我偷了个花卷是小偷,挨了打还要进派出所,可你们偷味精、偷木耳、偷钞票、偷手表、偷酒、偷女人、偷汉子,不蹲监狱才怪呢!

（吴文昶）

父子过河

　　石塔村有个剃头师傅叫董老奎,和他差不多年纪的人都做爷爷了才轮到他做爹,他五十岁时抱上了儿子,逢人就咧嘴笑,庆幸自己老来得子,人生一喜。给儿子取名叫"来福"。

　　这一天,董老奎胃病复发,来福陪他老子到镇上看病。回来时,天色已近黄昏,到渡口赶渡船的人真不少,都想早点过河,争先恐后地朝渡船上挤。

　　撑渡船的艄公拔高嗓门吆喝道:"别上来啦! 别上来啦! 再上来当心翻船喂王八!"这些赶渡船的人才不管呢,董家父子也硬生生地挤进船舱。

　　渡船摇摇晃晃地离开了河岸,艄公谨慎地摇着船桨,"吱嘎吱嘎"地朝着河东岸划去。船刚到河中心时,船上不知谁踩了谁的脚,争吵了起来,人群一阵骚动,重心不稳,船翻了个底朝天,船上的人都像饺子下锅似的掉进了河里。

董老奎不会游水,掉到河里就伸着双手拼命挣扎。来福识得水性,他一落水就双腿一蹬,露出了脑袋四下张望,一把抓住他爹的手,把他驮到自己的背上,让他爹抓牢自己的衣领,就拼命朝东岸游去,董老奎扑在儿子背上,心里那个激动啊! 到底还是儿子好,危急关头派上用场了。

这白龙河河面很宽,横着游水的冲力很大,很费劲,来福驮着老子游了一程,就感到吃不消了。他喘着气,低声问道:"爹,你今年七十岁了吧!"

"嗯,能逃过今天这关,还有几年阳寿呢!"

"爹,我还年轻,真舍不得死!"

"来福,别泄气,能游过去的。"老子不知儿子的心事,一个劲地给儿子鼓劲。

又游了一会儿,来福坚持不住了,又咕哝了一句:"爹,我驮着你,看来两个都逃不脱!"

"什么,你怨老子拖累你?"董老奎听出儿子的弦外之音,不由气愤地骂道:"小子,别忘了你那年得了急性脑膜炎,我连夜背着你走了40多里雪地,我想的是救你的命。把你送到医院,我就趴在地上起不来了!"

来福闷声不响,离岸还远着呢,可人已累得胸闷气短,四肢发软,全身无力,他想再驮着爹两人都得完,于是就悄悄地想扳开他爹的手。董老奎精着呢,他死死地抓住不放,来福没有办法,只好又艰难地向前游去。

这时,天渐渐地暗下来了,来福抬头望望白茫茫的水面,心里发怵,再不能迟疑了,他暗地在思忖脱身的办法,蓦地计上心头。他悄悄解开自己的衣扣,一个金蝉脱壳,光着身子一个猛冲,把他爹摔开了。

　　他一阵轻松,舒臂蹬腿,拼命游着,他游呀游呀,怎么还不到岸,他再也游不动了,不由得心慌意乱,百感交集,反正把亲爹都丢掉了,就是活着也没脸做人,一切由他去吧!

　　这时,只听一声熟悉的声音在他耳边响起:"傻儿子,快回头,别游啦!"来福回头一看,呆住了,只见他爹站在河里,水才漫过他的肚脐眼。原来沿着河东岸的河床子高一些,河水并不太深,而他却晕头转向朝西岸游去,难怪离河岸　来　远了。

　　来福调转头来,艰难地挣扎着,他爹已经涉水上岸了,找了根毛竹竿,蹚着水去接应来福。当来福拉着他爹递过来的竹竿时,他浑身筛糠似地在打颤。

(汪世炎)

凸起的腰包

　　在一辆开往北方的列车上,有一位坐在靠过道座位上的老
大爷,双手紧紧捂住自己的腰部,一双眼睛警惕地注视着过往的
乘客。

　　老大爷这个异常举动,立刻引起了一个小偷的注意。他装
出找座位的样子,东张张、西望望地走到老大爷的面前,抽冷子
朝他腰部瞟了一眼,只见这个老头腰部凸起一个大包,毛估估,
少说也有万把元钱。他两眼"骨碌"一转,立即来了主意,于是装
出一副疲倦的样子,伏在老大爷座位的靠背上打起盹来。

　　事有凑巧,过了一会儿,坐在里面座位上的旅客下了车,老
大爷捂着腰往里挪了挪,小偷暗暗一阵高兴,赶紧一歪屁股紧挨
着老大爷坐下了,闭上眼睛打起了呼噜。

小偷嘴里打着呼噜,可他那双微眯的双眼却一直注意着老大爷。见那老头脑袋一点点低了下来,觉得时机已到,于是便慢慢地伸手摸了过去。

不料小偷的手刚刚碰到老大爷的腰部,老大爷猛地一惊,睁开了眼睛,恼怒地盯了小偷一眼。小偷连忙装出在翻兜子的样子,一边把兜子里的东西一件件拿出来,一边连声说:"对不起。"老大爷也没吭声,只是又把身子往里挪了挪,把腰部捂得更紧了。

就在这时,列车长和乘警走进车厢进行安全检查。他们一边检查一边宣传说:"各位旅客,为了保证您和大家的安全,请您把已经带上列车的易燃、易爆、有毒的物品交给我们,以便进行妥善处理;如果身上携带巨款和贵重物品,请您及时与我们联系,或者交给我们代为保管,以免发生意外。"

当乘警检查到老大爷身边时,见老大爷紧紧捂住自己那鼓囊囊的腰部,便和蔼地问:"老大爷,您老到哪下车?"

"啊!到哈尔滨,我有票。"

乘警同志笑了笑,说:"我不是查您的票,您如果随身携带着巨款和贵重物品,为了安全,可以交给我们代为保管,在列车到达哈尔滨之前,我们一定负责交回给您。"

坐在一边的小偷听乘警这么一说,心里凉了:倒霉啊,我这老半天算是白等了。

不料老大爷却捂着腰部连连摇头说:"没、没,只几个零花钱,没事。"

乘警一走,小偷暗暗一笑:老头,该你倒霉了。

夜很深了,车厢里光线昏暗,乘客们都东倒西歪地打起了瞌睡,那位老大爷也不由自主地伏在桌面上打起了呼噜。

小偷一看,下手的时机到了,他抬起头,两眼迅速地朝左右前后一扫,然后麻利地掏出一把刀片,伸向老头的腰部,只听

"吱"地一声,老大爷的衣服被划破了。

就在这时,老大爷"哎哟"一声惨叫,从座位上跳了起来,从他腰间"扑"地冲出一股又腥又臭的脓血,喷了小偷一头一脸。

这下可把小偷吓懵了:咦!钱包怎么变成了脓包?!他顾不得多想,拔脚向车门逃去,刚到车厢门口,正好和闻声赶来的乘警撞了个满怀,被当场抓获。

原来,这位老大爷腰间并没有大叠大叠的钞票,而是长了一个大脓包,他是去哈尔滨儿子工作的医院动手术的,没想到这脓包让小偷给当做"钱包"给"偷"了。

(无 名)

小红楼打来的电话

　　海定县城东南角，有幢别致的小红楼，它依山傍水，结构典雅，绿阴环抱，环境幽静。这里原是一个造反司令盖的私人小别墅，"四人帮"粉碎后，改为县委小会议室，作为专门召开小型重要会议的场所。

　　今天，这幢小红楼成了海定县几十万人注目的中心，为啥？原来海定县根据上级领导班子建设的要求，经过一段时期紧张的考核选拔，今天上午八点整，新的县、科、局长名单将在这幢小红楼里"开包"。有资格参加这次会议的，除了原局长级干部外，都是这次接班的新干部。这些父母官直接关系到全县人民的切身利益，大家自然要分外关心了。

　　上午七点半光景，"嘀铃铃"一阵电话铃声在县政府办公室响起。办公室秘书拿起电话，只听对方说："我是张县长，请你叫王阿四马上到小红楼来一趟。"秘书放下电话，大家你望望我、我看看你，嘴上不说，心里却在暗暗嘀咕：怎么，通知王阿四去小红楼开会？

说起这位王阿四，大家是最熟悉不过的了。他今年四十五岁，因为过早发福，使他那本来矮小的身材看起来更像一只柏油桶；一对滴溜乱转的小眼睛，似乎时时都在窥探着什么；说话细声轻气的，见人一脸笑容；此人还有一个最拿手的看家本领：哪个领导上台，他就像个拉黄包车的紧跟在后面。就凭着这些本领，竟从一个基层厂的电工，慢慢地踏进了县政府大院，在行政处当上了干部。像这样的人，大家做梦也想不到会让他去小红楼开会。

这消息像长了翅膀，一会儿的工夫，便传遍了整个县政府大院。人们都在议论："喂，听说了吗，王阿四要升了。""不可能吧，怎么事先一点迹象都没有呢？""嘿，这有什么，古人说得好，有福不用忙，无福跑断肠；运道好起来，一夜之间能当部长。""是呀，是呀，消息绝对可靠，还是张县长亲自打的电话哪。"

正当人们七嘴八舌、议论纷纷时，王阿四从办公室走了出来，才几分钟工夫，猴子戴官帽，前后换了人。只见他头上抹发蜡，梳得净光亮；本来弯曲的身子，现在挺得笔直；脸上挂着微笑，倒背着双手，一步步走下楼来。

"啊哈，老王，哪里去呀？""张县长叫我到小红楼去一趟。""噢，开会哪，老王，今后你身上的担子要加重喽。""应该的，应该的，好在我年轻，身体又壮实。""哟，老王，今晚上我家喝两盅，不来，我可要批评你摆架子喽。""嘿嘿，今晚或许还有会，改日吧。"王阿四一边走，一边应付着人们的问候。

别看王阿四表面上若无其事，心里激动得血压升高手冰凉，他摇摇晃晃，从车棚里推出自行车，一哈腰，前脚刚刚跨上车架，就"哐当"一下连人带车摔倒在地上，"咚"脑袋不偏不倚正好撞在树桩上，顿时鲜血直淌，疼得他"哇哇"叫起来。

人们一看，"呼啦"一声围了上来："老王，怎么样?""老王，没摔坏吧?""快，快送医院!"王阿四一骨碌从地上爬起来，咬咬牙，摆摆手，说："没事，没事! 今天小红楼会议很重要，我怎么好意思请假呢? 大家忙去吧!"

王阿四不敢再骑车了，他揩揩头上的血，一瘸一拐地走出了县政府大院，走过烟糖商店，朝里望望，见自己的老婆翠凤正在柜台里，便走了进去，故意干咳了两声。

翠凤一扭头，见丈夫头上出了血，吓了一跳："啊呀，死鬼，怎么啦?"王阿四粗声大气地说："喂，我现在到小红楼去开会，中午可能不回来吃饭，你们别等我。"翠凤惊疑地用手摸摸丈夫的额骨头："死鬼，你在发高烧吧?""哎，谁发烧了，刚才张县长亲自打电话叫我去呢!"翠凤惊喜地笑着对旁边几个营业员嚷了起来："嗬嗬，你们看我家阿四，一蹊跷进青云里，他也要当官了!"

几个营业员嘻嘻哈哈地上来打趣："阿四，听说张县长快六十岁了，这次退下来，怕是由你来接班吧!""不敢，不敢!"王阿四故作谦虚地说，"我当个局长、主任已经力不从心了。"翠凤笑得前仰后合，催道："老王，还呆着干啥，快开会去呀!"

王阿四喜滋滋地走出烟糖商店，没留神和迎面来人撞了一个满怀，抬头一看，是县教育科科长小张。要在往常，王阿四早就点头哈腰赔不是了，可今天，他将肚子一挺，教训道："小张同志，别冒冒失失的，办事细心点嘛，今后我们这批老家伙退下来，全靠你们这些第三梯队来接班哟!"小张腼腆地笑笑，说："老王，你说得对，怪我走得太急，没撞痛你吧?"王阿四抬起左手看了一下表，故作惊讶地说："哟，快八点了，张县长还在小红楼等我呢!"说完，抛下小张，扬长而去。

王阿四来到小红楼，刚踏进大门，就见张县长满脸是汗地迎了出来,用手朝主席台上一指,说:"老王,快上去!"

这一下子王阿四再也走不动了。原以为最多能当个办公室主任什么的,想不到现在李县长把自己朝主席台上让。这意味着什么?今天能上主席台的,除了市委领导,就是县里领导了,这样看来,可真是应了那些营业员的话,要当县长了!

张县长见王阿四像根木桩似地站在那里发呆,忙推了他一把:"快去呀,别影响开会。""张县长,我,我怕不行吧。"张县长很不高兴地说:"会议马上要开了,你,你想拿一把呀?"王阿四看看没有办法,只好颤颤抖抖、一步一步朝前走去,他只觉得自己的头发沉,耳轰鸣,胸口一阵发闷,他大汗淋淋,好不容易撑到台下,一步步朝上爬去。就在这时,他突然看到市委领导站起身来,笑着对自己点点头。他一阵哆嗦,就觉得心脏一阵猛烈弹跳,眼睛一黑,顺着台阶,"咕咚咚"滚了下去。

等到王阿四醒来,人已经睡在县人民医院了。他朝四下望望,见翠凤旁边坐着教育科科长小张,心中暗暗高兴:嘿,当了领导,连陪自己的人级别也高了。心里一高兴,精神也来了,他支起身子说:"现在工作这样忙,我得出院去。"翠凤气呼呼地骂道:"深更半夜的,你忙死尸啊。"

王阿四一看窗外,果然墨墨黑,便转过身来对小张吩咐道:"小张,你去告诉县委,派个办事员来陪我就行了,你这个科长担子也不轻呀。"翠凤气得脸都白了:"放屁,他是新提拔的副县长,来看看你。你倒好,梦里做皇帝啊?""这这……"王阿四感到苗头有些不对,舌头都短了。"老王同志,"小张抱歉地说,"都怪我们粗心,没考虑到你的身体。上午开会前,我们发现扩音机不响了,张县长说你干过电工,会摆弄它,所以打电话叫你去,谁想到你身体这样差,害你住进了医院。""呀,呀!"王阿四"咕咚"一声,又昏了过去。

(吴 伦)

老瘾头敬烟

　　老王吸烟实在惊人,他从早到晚,烟不离嘴,人称"瘾君子"。老王是个落泊文人,一天工资只能买三四包普通烟,哪挡得了他这么个抽法,日子过得苦不堪言。俗话说虾有虾路,蟹有蟹道,正当老王为吸不起烟苦恼时,他那位在咖啡厅当清洁工的老婆却成了他的救命菩萨。

　　这一天,他老婆下班回家,见他又哈欠连天,失魂落魄的样子,便从兜里摸出一包烟丢给他。老王一见有烟,立刻眉开眼笑,打开一看,只见有整根的,有吸了几口或半根的,顿时恼得脸涨成猪肝色,他双目圆睁道:"街上捡的? 你把我当什么人了?"

　　老婆嘴一　说:"瞧你那清高样,这高级烟蒂比你的强十倍。'良友'、'健牌'、'万宝路',一包顶你两天工资,都是健康的小青年喝咖啡时丢在桌上的,绝对卫生!"

　　老王毕竟是文人,文人的架子岂能丢! 他把那捡来的烟往一边一推,说声:"卫生个屁!"就继续爬他的格子。谁知爬到深夜,没了烟抽,他禁不住偷眼瞟瞟躺在一边的那包烟,手不由自主伸过去,拿了一支猛吸一口,其味无穷,远远胜过他那几角钱一包的烟,于是他便一支接一支,抽起了不花一分钱的高级烟。以后,他用高级烟壳装了烟,放在衣袋里,要吸的时候就伸手往袋里去摸,这样既可显示阔气,又不会露馅。

　　按老王家两代老少同居一室的情况,单位里早该给他解决一套住房了。可他无后门可走,无关系可拉,进不起贡,送不了礼,眼见那些有神通的人一个个搬进新居,他到处磕头求爹爹、拜奶奶,只落得人家都把他当皮球踢的下场。

　　这天,他一发狠,豁出去直接登门找房管局长。他特地买了包万宝路放在一只衣袋里用以敬烟,又备了包老婆供应的杂牌烟自抽,为装门面也装在万宝路烟壳里,放在另一只衣袋里,这样敬烟与自抽两不误。

　　老王见了局长,自然首先得以敬烟开路。可他和尚做新郎,第一回拆外烟。他左拉右扯,折腾了好一阵子就是撕不开外面的玻璃纸,窘得满脸通红。局长见他一副窘态,只得具体指点。

　　老王恭恭敬敬给局长递了一支烟,又抖抖索索递上要房报告,可是话一入正题,这位笨嘴拙舌不习惯求人的老夫子又慌了神,在举止失措中,他的手又习惯地从口袋里伸进伸出去摸烟。局长像看天外来客一样看他表演,竟忍俊不禁地"扑哧"一声笑了起来。这一笑笑得老王乱了方寸,他揣摩不透局长为何发笑,一紧张就把原来打好腹稿的话忘得一干二净,一时间急得满头大汗,结结巴巴,语无伦次。为了掩饰窘态,他一面说话一面手忙脚乱地一个劲给局长敬烟。

　　局长笑吟吟地接过老王敬来的烟,却不吸,老王感到诧异,定睛一看,只见局长办公桌上放着一排他敬的烟,有长有短,竟像外国烟蒂大展览。原来刚才他在慌乱中竟鬼使神差地将敬烟和自抽烟调了个包,敬给局长的竟都是老婆供应的免费烟!他羞得面红耳赤,急忙伸手收回,不料双手发抖,又把整包的自抽烟掉在地上,顿时那些长长短短的烟滚了一地。老王羞得差点举手掴自己三个耳光。心想这下完了!

局长看着老王这副狼狈相,看着地上这些烟,心中如打翻了五味瓶,不禁对这穷知识分子生出怜悯和恻隐之心。他长叹一声,毅然提笔在老王那已盖了不少大印的报告和表格上签了意见,写上了他的大名……

(吕再生)

有苦难言

　　贪心的老鼠落在猫爪子下,它是绝对唱不出歌来的。

乔迁之苦

　　退休工人阿德居住的地方,被人戏称为甜蜜的小屋。提起这间小屋,那还是二十多年前,阿德与瞎眼阿翠结婚的时候,拼死觅活与当时的领导吵了一架以后才分到手的。这间小屋只有四平方米左右,是人家楼梯下面的空间,稍稍搭建而成,里面除了能放一只马桶,一只煤炉和一张床外,剩下的空间,阿德与阿翠只要同时站在那里,就好似连体人,想分都分不开了。

　　就为这,近年来阿德老头多次要求行政科长马世海发发慈悲,改善一点居住条件,但是马科长一直以厂里房源紧张为理由,予以拒绝。退休以后,阿德对调房更是死了心,打算在楼梯下住到寿终正寝了。谁知千年的铁树开了花,最近市政府下达指标:人均居住面积在二点五平方米以下的均算作特困户,一年之内单位必须帮助他们改善居住条件！阿德就托这个福，最近分到了新房。

阿德到厂里去办手续，马世海向他介绍了新居的情况：新房共有十平方米，已经超过了市里规定每人四平方米的标准，房子是新落成的爱群大楼，那里不但煤、卫、水、电一应俱全，而且还有自动电梯、外接共用天线、电话总机等现代化高级设施。听完老马的介绍，阿德老头心花怒放，马上要求去看新房。不料老马面露难色地说："德兄，帮帮忙，这次厂分房小组有明确规定，为了保证这次分房能做到一个萝卜一个坑，不相互攀比，不挑精拣肥，任何人在未办妥移居手续之前，不得与新房见面。""那……那……办完了手续，我不满意，还能重新分配吗？""唉，德兄，你的老脾气也得改改了，你要相信组织嘛。我现在先把丑话说在前头，这次的分房方案，谁也不能推翻，否则算作自动放弃！"

阿德老头吓得伸了伸舌头，再也不敢多问。老马从抽屉里取出了一张铅印的"住房迁移手续程序"塞到阿德手里："德兄，这是我为了方便你们，自编自印的申办新居手续指南，小青年头子活络，一般在半个月内就能办完，我看你年老体衰，特别放宽期限，限你在三十天内办完。超过期限，咱们公事公办，具体原则是，超过一天罚款拾元；超过一月，取消分房资格，新房另行分配他人。你要拎得清，看中这套房子的本厂职工起码有一个加强排！"

阿德老头看在房子的面上，忍气吞声接过程序图，认认真真看了一遍，不看不知道，一看吓一跳，乖乖不得了，在取得新房之前，住户必须跑二十八个部门，敲三十三只公章。更苦的还是这些主管单位，有的在市区的东北角，有的在市区的西南角；有的一、三、五上午办公，有的二、四、六下午办公，有的休息周一，有的休息周日……

阿德老头求房心切，一出厂门，中饭都顾不得吃，就直奔原住地的管养段。按照老马程序图的提示,管养段是周二下午办公,今天碰巧是六一儿童节,星期二,阿德要抓紧时间。

不想管养段却是铁将军把门,阿德想:大概工作人员吃中饭去了,我就在门外地上坐坐,抽支烟等等看。谁知这一等,等了两个钟头也不见有人来开门,阿德老头感到奇怪,又去门上仔细打量,忽见门上用图钉钉了一张豆腐干大小的白纸头,上面写道:庆祝儿童节,下午休息半天。他哪里知道,管养段办公的全是做妈妈的女同志,按惯例可以休息半天。阿德老头只好自认晦气,灰溜溜地走了。

过了两天,阿德才办妥了原住地管养段的手续。下一个目标是原住地房管所,那里开出一张认购公房建设债券条子,叫阿德到市建设银行去付款。阿德一看,吓坏了,总共十个平方米的房子,要买债券一千元!

阿德回到家里,急得像热锅上的蚂蚁团团转,他的那点退休工资,养活阿翠已感到很紧张了,现在哪有钱去买债券呢? 于是他到厂工会去借,工会干事一听连连摇头,说:"厂工会考虑到未分到房子的职工情绪,决定工会互助金不准用作新住房户的借款。"

阿德无话可说,只好连夜找当年的知心朋友商量借款,无奈这些老朋友也都是靠退休工资吃饭,心有余而力不足,阿德足足奔跑了三天三夜,只借到五百元钱,离总数还差一半。幸亏阿翠想起了在扬州老家的小娘舅,听说他在经营个体理发店,让写信去试试。阿德忙寄出一封挂号信。说来也真是要命,这挂号信比平信要慢三天,这样一耽搁,小娘舅五百元的救命钱寄是寄到了,但是离开老马的限期只有三天了,而剩下的图章还有十多颗没敲哩! 阿德急得要哭了。阿翠心疼老伴,一边安慰,一边自告奋勇说:"阿德,你把要办的事情,都写在纸上,我带好有关证件和单据,咱俩兵分两路,好不好?""你勿要命了,如今上海交通十分拥挤,万一同汽车相撞,叫我做孤老?"阿德摇头不同意。两个人争来吵去,阿德软下来了,毕竟房子盼了二十年,现在好不容易分到手,怎能让它白白作废?为了在限期内办完迁房手续,只得点头同意阿翠的请求。为了保险,阿德特地给阿翠做了一根探路棒,棒上全漆成红色,还在阿翠的头颈上挂块小木牌,上面详细写上居住地址和姓名,以防走失。

今天,阿德分配给阿翠的任务是到原住地煤球店退煤球卡,然后到新住地煤球店领新煤球卡。有人问,大楼不是煤卫都全嘛?君不知,阿德是新申请户,没个一年半载,不要想用上煤气。人不能一天不吃饭啊,所以阿德今天反复盘算后才同意老伴去完成这项工作,他觉得这事还较容易:一没有银钱往来,二手续也比较简单。

阿德自己对照老马的程序图,一口气奔到派出所,户籍警的态度蛮好,请他坐,还倒了一杯白开水,然而审阅过阿德带去的有关证件后,便带着歉意说:"老伯伯,你们还缺一样东西呀。""啥?"阿德圆睁了双眼,"身份证照片。""我有身份证呀。""没有用,还得重新照相。"这下阿德懵了,他听人说,拍照最快要两天取照,一想到超过限期要罚款,阿德难过得流出了伤心的泪水。幸好民警体谅他的困难,安慰他不要急,明天领阿翠来,由他陪同到派出所指定地点拍照,白天拍,晚上取,保证不超过限期。阿德听后,擦去了泪花。第二天一早,老夫妻俩来到指定拍照点,哪知临到拍照时,又起了波折,那是因为天气热,阿德和阿翠穿的都是白衬衫,按规定,拍身份证照片一定要穿深色的衣服。正在为难,那位陪同的户籍警二话不说,摘去领章,脱下警服借给他们,才算解围,只不过拍出的照片,两个人都不伦不类,叫人啼笑皆非。

经过一个月的盖章旅游,阿德终于如期地完成了应办的手续。

　　这一晚,他做了一个甜蜜的梦,梦见他和阿翠住进了一座很有气魄的白色的高楼,那是一个静谧的夜,星星近得似可伸手摘来,脚下万家灯火,他舒心地闭上眼睛,一阵微风拂过,惹得他的脸痒痒的……他睁眼一瞧,哪里有啥新房,原来是阿翠正为他轻轻地摇着蒲扇。

　　清早,阿德兴冲冲赶到厂里,他把办好的手续全部摆在马科长面前:"给!"长长地舒了一口气。老马逐一验看完以后,一拍阿德的肩膀,"德兄,神速,小弟佩服。"说完,他交给阿德老头一张亲笔签字的字条。这样,阿德去大楼管理处就可领取新房钥匙了。

　　阿德欢天喜地来到管理处,一个胖女人见了字条,眼睛向他翻翻,身子没动。阿德急切地等待着,胖女人见这个老头不懂行情,连喜糖都没有一粒,气得沉下脸来故意为难阿德:"喂,你的手续还不齐,到居民委员会防火办公室敲只图章,才能给你钥匙。"

　　阿德当然不知什么地方得罪了这位姑奶奶,只好听命。所谓防火办公室,那是一间铁皮小棚棚,里面有位小青年在值班,阿德说明来意,那位小青年也不答话,顺手拿了一张宣传资料,命他坐到墙角落里去学习。阿德拿起宣传资料读了起来,原来上面有一百条大楼防火须知,有的能看懂,有的半懂不懂,阿德不敢多问,还得装作认真学习的样子,翻来翻去看个不停。后来小青年接到一只电话,大概想外出办事,这才命令阿德过去应考:"我问你,抽过香烟,香烟屁股应该怎么处理?"阿德想了半天,战战兢兢地答:"丢、丢垃圾桶。""不对,你再想想。"阿德反复思考,总觉得自己没有说错,所以不服,"香烟屁股不丢垃圾桶,难道往肚里吞!""唉,你这老糊涂,没见防火须知中写得明明白白,烟蒂要熄灭以后才能丢。""哦,对不起,对不起。"阿德急出一身冷汗。"好吧,这次便宜你,回家好好学习,知道吗?""是,是。"

　　阿德老头领到新房钥匙,已经接近黄昏,他本想自己先去看看新房,但想起阿翠一定在家等得急了,就回家扶着阿翠同去。

　　这爱群大楼造得气派不凡,蓝白相间的马赛克贴墙,一色的墨绿色钢窗,阿德看得心旷神怡,早把一个多月来的磨难抛到九霄云外。他边看边把自己的感受告诉身旁的阿翠,阿翠咧开嘴像孩子似地笑了,她低声关照老头扶她到墙根摸一摸,喃喃地问:"阿弥陀佛,这真是我们的家?"

　　两个老人心满意足,向大楼的正门台阶走去。奇怪的是大楼门前的台阶上挤满了人,有个别人还在高声骂娘,阿德上前一问,才知今天电梯坏了,说是很快就能修好,但已经等了三小时,至今还没有见维修工人的影子。阿德分到的房子,是大厦的最高一层,二十四层,二四〇〇室,没有电梯,这怎不让人望而生畏!阿翠劝他:"回家吧,明天再来。"但是阿德哪里肯听,几十年来望眼欲穿好不容易盼来的新房就在眼前,阿德今天非上去不可!阿翠拗不过他,只得依了他。楼道相当狭窄,转角又多,阿翠只上了三楼,就觉得头昏目眩,两耳嗡嗡乱叫,阿德再三鼓励,走走停停,天已经黑透了,两个人还只走到十九层楼。阿德想摸索着去开过道灯,谁知新房落成不满三个月,过道灯不是坏了,就是灯泡失窃,现在阿德也变成了亮眼瞎子。

　　两个人磕磕碰碰,好不容易又上一层。突然,阿翠"啊"一声叫,脚底戳进一枚朝天铁钉,鲜血直冒,坐在地上,动弹不得,阿德急得上窜三层,下奔三层,想找一户人家讨点红药水和药水棉花,无奈每间房都是铁将军把门。阿德咬一咬牙,再往下一直到十五楼,才见一个身材高大的老头,在走廊上生煤球炉,他忙上前打声招呼,说明缘故,要求帮帮忙。这位老头良心倒蛮好,也很热情,把炉子一丢,就到房里找出很多急救药,还带上一只手电筒,跟阿德上楼来。经他包扎以后,阿翠的脚止了血。见阿德夫妇执意还要上楼,那老头放心不下,主动提出和他们一起去,就这样两个老头搀扶着一个老太,终于艰难地攀上了爱群大楼的最高层。

借着微弱的手电光,阿德用颤抖的双手掏出了那把钥匙,因为心跳得厉害,插了几次没对着锁孔。一旁的阿翠像孩子似地提醒道:"老头子,心莫急,别把咱家的门锁搞坏了。"说到"咱家"两个字,声音都激动得有点哽咽了。

房门终于打开了,阿德拧亮电灯一望,傻了!那是一间四周没有窗的黑房子。隔壁水泵房传来震耳欲聋的马达轰鸣声,房顶水泥盖板严重渗水,黄豆大的水珠,淅淅沥沥下个不停。

真可怜啊,阿德他们哪里知道,这房子原是作为维修水泵房储藏工具用的。马科长利用职权开后门,把阿德的房子挪作他用,拿大楼水箱下的黑房子来混骗这两个老人。

阿翠闻知日盼夜想的新房竟像活棺材一样,突然一屁股坐在地上,号啕大哭起来。阿德被阿翠一闹,身子像打摆子般地颤抖不止,他面孔铁青,眼睛血红,突然大吼一声:"我找那姓马的去拼老命!"说罢夺门而出。

"慢!老同志,别激动,你把事情讲给我听听,也许我能帮你一下。"那十五楼的老同志拖住了阿德。

原来他不是别人,正是爱群区已经离休的副区长老蔡,他在任上的时候,听到的看到的全是"心中有住户,满意在爱群"的口号,但是当他离休以后,虽然分配到了新房,但也同阿德一样,亲自尝遍了种种委屈。如今,他详细地询问了事情的经过,同情的眼泪湿润了眼眶。他百感交集哪!他多么想回到区委大院,亲手治治这些弊端,哪怕三天时间也好,但这已经是不可能的事了。为此他只能提起笔,写信把希望寄托给了现任的区长。

十天以后,托老蔡的福,据说马世海被停职检查,阿德老头已经搬到老蔡隔壁做邻居了,不过群众也有非议:阿德老头准是有路,才住进了新居……   (夏元寿)

广告效应

　　阿皮是一家大公司的陪酒员,多年来,由于妻子小兰管教有方,所以尽管频频赴宴,陪酒无数,回到家里却从来滴酒不沾。都说适量的酒对身体有好处,所以难怪阿皮长得又黑又壮,大放光彩,小兰看在眼里,喜在心里。

　　这天阿皮走在路上,被一个人拉住了。原来,对方是本地一家电视台广告组的组长,他看中阿皮健美的体魄,请他去为他们拍"健身宝"电视广告片。

　　阿皮虽说平日里公司搞什么联欢会之类的活动,他高兴起来也上台来个小节目,可拍电视却是从来没有想到过的。他吓得连连摆手,急着要走。那个广告组长死死拉住他,哪里肯放手。组长说:"同志,只要你做几个健美动作,举起拳头高呼一下,就算大功告成了。小学生都会做的,你帮我们拍一分钟的广告片,报酬是丰厚的,两万元啊,厂家愿意出大价钱。"

一分钟就得广告费两万元?阿皮动心了,这个数字实在太诱人了!想来想去,阿皮两只脚就跟着组长踏进电视台的大门,来到排演厅。

平日里,阿皮屡屡赴宴,激动人心的大场面毕竟见过不少,如今面对小小的排演厅,很快就适应了,他按照组长的吩咐,脱下衣服,只穿一条紧身的小裤衩。组长一看,乐得直拍手,这么好的身材,哪里去找哇!他 看 欢喜,又亲自给阿皮身上擦了些油彩。这样,阿皮只要稍一用力,嘿!胳膊上的肌肉就像栗子似的来回滚动。组长又让他戴上拳击手套,如此这般地演练了一遍。

不一会,摄制、播音人员都到齐了,一切准备工作就绪,排演厅里灯火辉煌,组长一声令下:"开机!"阿皮面带笑容,说道:"要问我身体为啥这样好,我天天用'来一勺'健身宝。'来一勺',世界首创;'来一勺',举世之宝;'来一勺',当代新潮。你想有健美的体魄吗?你想当拳击健美冠军吗?请君用我推荐的'来一勺'。'来一勺','来一勺',健身宝,请君记住商标,'来—— 一 ——勺'!"

"好,干净利落!"机器一停,组长就赞口不绝,阿皮一举获得了成功。

电视广告播出后一个星期,阿皮领到广告费两千元。

阿皮很不满意,找到组长,问:"不是说好两万元的吗?要我哪?那一万八呢?"组长两手一摊,说:"是两万元,这是厂家一共付给我们电视台的两万元。可电视台那么多同志,录音、录相,还有兄弟单位、上级领导,人人都有份。阿皮同志,你分到两千元就相当不错了。"

阿皮见组长一脸为难相,想想就一分钟的广告,两千就两千吧。他把钱往衣兜里一塞,说:"既然如此,我就不客气了,这两千元我就被窝里放屁,独吞了。"

阿皮得了两千元,就上金店给小兰买了只金戒指,买了条金项链,外加一副金耳坠子。

阿皮把金三样往兜里一塞,兴冲冲地往家走。没走多远,忽然一群人指着他围了上来:"哎,这不是阿皮吗,'来一勺'就是他做的广告。"阿皮得意极了,一脸明星的微笑:"是啊,我就是阿皮,你们是不是找我签名啊?"哪曾想,一个骨瘦如柴、两只眼睛像灯泡似的女人指着阿皮破口大骂:"签个屁,你做的假广告可把我给坑苦了,我一顿来三勺,吃完了就上厕所,你看把我折腾的,原来我身上、脸上还有点肉,你看现在,跟刀棱子似的。你赔我的肉,赔我的青春!"

阿皮刚要解释,一个矮个男青年又冲了上来,两只眼睛锥子似的盯着阿皮,说:"你吃过'来一勺'吗?"阿皮摇摇头。那矮个子更火了:"那你来一勺、来一勺地喊啥呀? 我两天吃了十八勺,晚上觉也睡不着。我媳妇挺精明,找人一化验,那不是鱼甘油吗。拿鱼肝油当健身宝,你说你多缺德!"

阿皮又要分辩,忽然觉得脚下在动,低头一看,原来是下水道铁盖子底下有动静。阿皮急忙一闪,就听"咣咣……当"铁盖子翻在地上,从下水道里爬出一个人来。那人一身工作服,站起来愣了一会,随后像发现新大陆似的走到阿皮跟前,指着阿皮的鼻子就骂:"你说你有多损,我老婆说我少阳刚之气,看了你的广告,我一下子就买了100勺,那玩意儿可真贵,一勺就是二元钱,我头一天就喝了十二勺,肚子'咕噜咕噜'直起泡,害得我两天没起炕。我想找厂家退货,找了半天,根本没有这个厂,正好看见你了,我也不干活了,你说,这个后果咋办吧?"

人 聚 多,阿皮看着上百双愤怒的眼睛,刚才买金三样的喜悦心情一下子跑得烟消云散。他觉得自己实在对不起大家,忙把金三样从兜里掏出来,给刚才三个诉苦的受害者一人一件:"这是我拍广告的全部报酬,你们拿去吧,往后这号事我坚决不干了。"哪料三个受害者谁也不相信,接过金货,"叭叭叭"全扔到下水道里去了。

就在这时候,一个交通警察从人群中挤了进来,一把抓住阿皮的手,说:"你在这白话啥呀,喊你多半天了,你看这交通让你影响的。走,要罚你款,还要在交通大队上三天交通课。"阿皮一听,心里窝囊透了。这该死的广告。是呀,害了这么多人,其实我自己不也是受害者吗?

（崔志安）

鼓掌始末

　　华南机械厂职工代表大会已经开了整整两个钟头,工会副主席宋彪的报告还没有结束。眼下,正是七月大伏天,会场里几盏"小太阳"像火炉似的,烤得台下几百个职工挥汗如雨,东倒西歪。

　　宋彪的报告终于进入了第十二个问题,只见他喝了口水,润润嗓子,把身子尽量扭到最舒适的部位,这才不紧不慢地照着稿子念道:"下面讲的是消灭'四害'的重要性,一、四害指的是……"就在这时,下面突然"啪,啪啪啪……"响起一连串不规则的鼓掌声,昏昏欲睡的人们立刻像被注射了一支强心针,一个个精神抖擞,兴奋地跟着鼓起掌来。"哗……"掌声如暴风雨刮过,　来　响,会场的气氛达到了最高潮。

主持会议的工会主席，刚才也迷迷糊糊地打了个盹，现在听得掌声四起，赶紧睁开双眼朝宋彪望望，见他已经停住了话头，只当报告完毕，便站起身来说："同志们，刚才宋副主席的报告很重要，我完全同意，希望会议结束后，各班组抽时间讨论一下！好吧，今天的会就开到这，散会！"仿佛是无期徒刑的囚犯听到了大赦令，人们立刻争先恐后朝外拥去，不到半分钟，整个会场变得空荡荡的。

宋彪的脸拉长了。这几年他春风得意，从工会小组长晋升到工会副主席，而且仍有上升的趋势，所以今晚的会议是个关键。为了能在会议上出人头地，他已经几天几夜没睡好觉了，翻报纸，查资料，引经据典，洋洋洒洒写了几十张报告纸。谁料到，自己报告才讲了三分之二，就被莫名其妙的鼓掌声冲断了。他更没料到，工会主席今晚也像是喝多了老酒，就这么糊里糊涂地宣布散会，硬是把自己的一番心血抛到黄浦江里。此刻，宋彪真是懊恼得不得了，但要和顶头上司翻脸，他还没这个胆量，所以这口气只好捏着鼻子朝下咽，夹起公文包，怏怏地走下了主席台。

可是宋彪的心眼只有针尖大，这口怨气咽到肚皮里，不一会就"咕咕"作响。他一面朝厂门口走去，一边在极力猜想，这个绝子断孙的捣蛋鬼究竟是谁呢？走到厂门口，见工人黄大福正朝这走过来，他的眼睛顿时像金鱼泡似地鼓圆了。刚才凭感觉，这该死的第一记鼓掌声来自东南角，而开会时，黄大福就是坐在那儿的。

想到这，宋彪马上叫住黄大福。黄大福为人老实懦弱，是一个一捏就软的人物，平时就怕和干部打交道，现在见工会副主席找自己，不由先将脖子朝下缩了缩。

宋彪故意问道："我今天的报告，你听了感觉如何？"

黄大福笑着说："咳咳，好，好。"宋彪把脸一沉，加重语气问道："既然好，为什么还没有等我说完你就第一个鼓掌，和我捣蛋!"黄大福被他的大嗓门吓了一大跳,抬头见宋彪一双眼睛直瞪着自己,顿时浑身哆嗦起来,他急三急四地辩白说:"宋副主席,咳咳,刚才……你报告时我打了个盹,咳咳……后来好像听到后面有人鼓掌,我以为,以为会议结束了,就……"宋彪心里暗暗得意,这个黄大福果然是个一捏就软的人,看来他是不敢说谎的,充其量是个胁从者,关键是坐在他后面的人!于是宋彪追问道:"你后面坐的是谁?"黄大福战战兢兢地说:"大概,大概是章四海。"

章四海?!这个人最叫宋彪头痛,平时油腔滑调,和干部也没大没小,会是这小子和自己过不去吗?宋彪放走了黄大福。巧了,章四海推着自行车过来了。章四海不同于黄大福,自己不能用原先的态度,得小心应付。宋彪心中盘算妥了,便径直迎了上去。

章四海也瞧见了宋彪,他大大咧咧地过来拍拍宋彪的肩膀,说:"朋友,你今天的报告实在厉害,再讲两个钟头,我恐怕要死在你脚下了。"宋彪压了压心底的火气,把章四海拖到一边,不满地说道:"老兄,你把良心放到天平秤上称称,我那点对不住你了,有意见,也不能这样拆台脚呀。"章四海被宋彪当头一顿抢白,弄得又是糊涂又是委屈地说:"朋友,你在台上作报告,我在台下给你捧场,这样卖力,不开一桌请客,反倒怪我不是,这可太不上路了。"宋彪又气又急,双手一拱:"老兄,你要捧场也得看看火候,我报告没完,你鼓啥掌?"章四海怀疑地眨巴眨巴眼睛:"什么,你报告没完?那人家怎么鼓起掌来?""问你呀,你不是第一个鼓掌的?"章四海一听跳了起来,叫道:"你别疯狗乱咬人,当时我正在看小人书,听到后面有人鼓掌,我以为你报告完了,所以也跟着鼓起掌来。"

宋彪见到手的目标又有了新的变化,一下子变得口吃起来:"这、这,你后面……""我后面是你老婆,你回家钻被窝里问她去吧,嗨嗨!"章四海骑上车一溜烟地走了。

　　宋彪的脸气成茄子色,翻来倒去,查到最后竟是后院起火。他气哼哼地回到家,用力踢开房门。他老婆正在摆碟子,一见丈夫回来,亲热地叫道:"哟,辛苦了,今天你可是出尽风头,你听那掌声,哗——多少气派,厂长、书记都捞不着呢……""砰!"宋彪一拍桌子,把那个眉飞色舞的女人吓了一跳。他不顾一切地骂道:"你们这些头发长、见识短的败家子,吃饱了就知道胡扯。我问你,我报告没完,你为啥要第一个鼓掌?这不存心轰我下台吗?"女人双手叉腰,讥笑道:"你就不拿镜子照照自己那张马脸,那报告又臭又长,连我听了都害臊,我会第一个给你鼓掌?今天要不是那些人捧你场,我看你怎么下台。"宋彪不死心地咕哝着:"你还要　,有人亲耳听见你是第一个鼓掌的。""什么,我第一个鼓掌?"女人歪着头,想了半天,突然惊呼起来:"要死了,什么第一个鼓掌,那时我正在打毛线,有只蚊子咬了我一口,我用力一拍大腿。""这、这……"宋彪张大了嘴巴愣住了。

(吴　伦)

冒牌货

　　青年职工杜尔康要结婚了,他粗粗一算,要几万元。为了这,他同朋友合伙,倒卖外烟,不料走漏了风声,被公安部门查获。结果货物没收,还被罚了款,未婚妻听说此事,屁股一扭,"嘛啡"了。

　　杜尔康落得个人财两空,一时间走投无路,他决定出家当和尚。

　　东门外有座庙叫大云寺,近年来香火很盛,常有海外华侨、港澳同胞来烧香礼拜,布施还愿。杜尔康在山门口看见一个四十多岁的中年和尚,便上前询问:"敢问师父法号?"那和尚仔细看看杜尔康,微微笑道:"贫僧法名智远,不知小施主有何见教?"杜尔康便向他说明了来意。智远双手合十:"阿弥陀佛!我佛慈悲,普渡众生。小施主既然愿意皈依佛门,就请先付剃渡费一千元。"杜尔康吓了一跳:"什么,当和尚也要交费?"智远说:"小施主有所不知,如今当和尚也是热门行当,每天来寺里要求出家的简直挤破山门。有做生意破产的,有谈恋爱失败的,有当干部落选的,也有被子女赶出家门的,不收费,我们寺院怎么养得起呢?""那……一千元也太贵了。"杜尔康有点心疼。智远还是笑眯眯地说:"我们大云寺是处级单位,我们寺的住持法济长老享受正处级待遇,进进出出都有小汽车接送的。级别不同,收费当然有差别。你到西门口那庙里去当道士,不但不收费,每月还贴你八元伙食费呢! 你去吗?"

杜尔康想:我拿得出一千元还来当和尚? 唉,当和尚都这么难,不如自杀算了。一了百了,省得烦恼。

如何闭眼? 杜尔康好不为难。上吊? 太可怕;割动脉? 太痛苦;跳江? 肚皮朝天,模样太难看。想来想去,吃安眠药最好,既无痛苦,又很安静。一个人悄悄地躺在床上,一缕月光洒在姿态优美的遗体上,很有点诗意。

杜尔康有个朋友在中西大药房工作,什么证明也不用出,他很顺利地就弄到一瓶安眠药。接着,先去浴室洗了个澡,再来一顿"最后的晚餐",回到家,写好遗书,说明是自杀,不是他杀,免得公安人员查线索,排疑点,空忙一阵。随后,他打开药瓶开始吃药:一片,二片、五片、十片,一下吃了二十片。他在床上躺好,想体会体会死是什么滋味,不想头一挨枕头便呼呼睡去,什么滋味也没体会到。

不知过了多少时候,杜尔康迷迷糊糊地觉得有人在推他,还似乎听到有人喊:"阿康,醒醒! 阿康,醒醒!""别烦,我已经死了!"他咕哝了一句,翻个身又睡去了。"啪!"有人在他屁股上重重打了一记,把他打醒了,坐起来,揉揉眼睛,看见药房的那个朋友站在他面前。

"我没有死?"杜尔康问。"死个屁! 死了还讲话? 我问你,那瓶药呢?""干什么?""快给我,那药是假的,要上交。"杜尔康想起自己伸了半天头颈,心里很懊丧:"你这小子也太不够交情了,拿假药来哄我。""怎能怪我呢? 这药是外地一家药厂生产的。因为药店进他们的货可以拿百分之二十五的回扣,因此我们店也进了一批,不料被药检局查到了,限令我们将出售的假药全部追回,我才来找你,不过我看效果不错,你睡得蛮香嘛!"

杜尔康气得哭笑不得,从枕头底下掏出药瓶,打发朋友走后,又坐在床上想主意。看来还是投江最保险,江水总不会假的吧!

夜深人静,杜尔康跑到江边,选了个僻静的地点,见无人注意,便后退了十几步,然后像百米冲刺一般直向江边冲去。忽然,从旁边窜出一个人,冲到他前面,也要纵身朝江里跳。杜尔康火了,一把将那人抓住:"喂,这又不是买紧俏商品,你抢什么? 到后面排队去!"

那个人一边挣扎一边喊:"放开我! 放开我!"杜尔康一听,是个女的,借着路灯光一看,还是个年轻姑娘,他抓得更紧了:"你想干什么? 说清楚了我再放你。"那姑娘说:"求求你放了我,让我去死吧,我活不下去了。"杜尔康说:"蛮好蛮好,你要死,我也不想活,不过,死要死得明白。我是自作自受,人财两空,没法活了。你呢? 听口音,不是本地人。哪里不好死,为什么路远迢迢偏要跑到此地来死? 说清楚了,咱俩一起跳,黄泉路上也好作伴同行,免得寂寞。"

那姑娘掏出手绢,擦擦眼泪,说她是外地人,父亲在家乡开了一家药厂,她是厂里的推销员。到上海来,一是推销药品,二是来收货款。不料药品经药检部门查验,全是假药,结果货款不但收不到,还要赔偿损失。她觉得回去无法交待,只有一死了之。

　　姑娘还没讲完，杜尔康插话："等一等，我先问你，有一种叫'睡得灵'的安眠药，可是你们生产的？"姑娘点点头，说是的。杜尔康听了，真恨不得一把将她推到江中去。睡得灵，睡得灵，睡得倒是蛮灵，可就是死不掉。他想骂，可看那姑娘年轻轻的寻死，又有点可怜，就劝了几句，把她送到火车站，掏钱买了票，姑娘感激不尽，实在不想走了。杜尔康说，尽管放心回去，他也不想死了。千说万说，总算说得姑娘点头，登车之前，她硬要去了杜尔康的住址。

　　眼下，杜尔康暂时不想死了，他想等着看假药厂的好戏。果然，不到两个礼拜，报纸上公开揭露了这起假药事件。那家药厂停产整顿，药厂老板，就是那个姑娘的阿爸，已经抓起来了。看了报纸，杜尔康觉得心事了结，又想到了死。正好，他看见一个小摊头上叫卖真正"王麻子刀剪"，那小贩手中那把柳叶尖刀也确实锋利，削木头像切豆腐似的。杜尔康生怕上当，别的刀不买，就买小贩手中那把。

　　买了刀回来，他看见一辆出租汽车停在家门口。一个五十开外的汉子下了车，抬头看看门牌号码，向他打听："请问，有个叫杜尔康的是否住这里？""我就是杜尔康。你是……""哦！你就是杜尔康同志。我叫毛培甫，开药厂的，你是我小女的救命恩人，今天特来登门致谢。"

　　杜尔康好生奇怪，毛培甫不是给抓起来了，怎么会跑到这里来呢？看他西装笔挺，红光满面，也不像是从监狱里逃出来的。到底怎么回事呢？心里这样想，嘴上不好说，只有请他进去。

　　坐定之后，客人摸出万宝路香烟，又用电子打火机为杜尔康点燃了烟，随后笑盈盈地说："你大概看过报纸，知道我被抓起来了，今天怎么又会到贵府来，觉得奇怪，是吧？"杜尔康心思被他猜中，只好尴尬地笑笑。客人抽了口烟，神态自若地说："因为你是我女儿的救命恩人，我就对你说实话。我的药是冒牌货，我这个人可是货真价实。抓我，那不过是做做样子，应付应付舆论。我前门进去，后门出来，一根毫毛也没碰坏。为什么呢？第一，我的假药虽然治不好病，可也药不死人。为啥？道理很简单，现在有几个真吃药的？上医院，还不是为了混张病假单。因此我厂的假药查下来，影响极微，谈不上有罪。第二，也是最主要的，我那个药厂很赚钱，对我们那个地方来讲，是一条财路。谁希望断了这条财路呢？老弟，这一下你明白了吧，我是真正的毛培甫，不是冒牌货。"讲到这里，药厂老板拉开皮包，拿出一只牛皮纸信封，推到杜尔康面前："小杜同志，听我女儿说，你最近经商受挫，破了点财，这一千元钱就算是我的赞助。一点心意，务请笑纳。"

杜尔康也不推让，接过了钱，站起来说："毛老板，天色已晚，我出去买点酒菜，咱们喝两盅。"过了半小时，他回来了。一只手拎了一袋熟食品：白鸡、酱鸭、烧鹅、红肠等等，一只手拎了三瓶酒：一瓶啤酒，那是自己喝的；两瓶绍兴花雕酒，那是待客的。"毛老板，饭店里人挤，也不卫生，就在我这里将就一顿吧。怠慢怠慢。"毛培甫也不客气，说："这样最好，咱们哥儿俩边喝边谈，又清静又方便。不过，你那两瓶酒差劲，那是娘们喝的，还是喝我的吧。"说着，他从皮包里拿出两瓶白酒来，"看，这是真正的四川老窖，65度，划根火柴，一点就着。喝酒就要喝这个。"

杜尔康喝啤酒都要脸红心跳，那敢碰烧酒，只好连连道歉。毛培甫也不勉强，两个人就着熟食，各喝各的。

毛培甫第一杯酒下去，面不改色。第二杯下去，鼻尖上开始冒汗。第三杯落肚，燥热难耐，上装脱了，领带解了。第四杯喝到一半，脸色发白，眉头蹙紧，露出痛苦状。杜尔康继续劝酒："毛老板，干了，干了，你老兄海量，这两瓶酒不光，咱们不停筷子。"毛培甫拗不过，勉强喝光了杯中残酒。只见毛培甫双手捂住肚子，人一点一点往下蜷缩，最后"扑通"一声，倒在地上，翻滚不已："哎哟，痛死我了！"杜尔康扶他躺在沙发上，一边问："毛老板，你哪里不舒服？"毛培甫艰难地说："老子上当了，这酒是冒牌货，假的。"说完，他口吐白沫，两眼一翻，两腿一直，就此咽了气。

杜尔康伸手探探鼻息，见毛培甫真的死了，便站了起来，长长舒了口气："毛培甫啊毛培甫，你做假药害人，人家做假酒害你，这就叫报应！也好，省了我不少手脚。"原来他打算灌醉毛培甫，然后一刀结果他性命。现在毛培甫既已死，便拿出柳叶尖刀，对准自己心口刺去。谁知刚一用力，只听"叭哒"一声，那尖刀断成两截掉在地上。"天哪，这也是假货！"仔细想想：一定是他在掏皮夹取钞票时，那小贩做了手脚。

杜尔康自杀不成，一时没了主意。昏昏沉沉地从屋里出来，刚走出门口，迎面遇到大云寺的智远和尚。那和尚记性好，一见杜尔康，便合十作揖："阿弥陀佛。小施主，你想好了没有？还想不想遁入空门啊？"杜尔康眼睛一亮，马上鞠躬还礼："法师，弟子因为筹借这一千元剃度费，费了一些周折，如今这钱已经到手，就请法师带我去寺院吧。"说着，摸出毛培甫给他的一千元钱交给了和尚，智远接过钱，笑笑说："阿弥陀佛！今天已经晚了，小施主，你明天来吧。"说完，他作了个揖，走了。

杜尔康在门口呆呆地站了一会，刚要转身，忽然想到，屋里还躺着一具死尸呢！明天要是给邻居见了，一定以为是我杀死的，把我扭送到公安局，那时，自己就有一万张嘴也说不清了。不行，我今晚就去大云寺！于是，他拔脚去追智远和尚。那和尚走得很快，杜尔康只好远远地跟着他。走着走着，发觉不对，这和尚怎么不进大云寺，却进了寺院旁边一条小巷子，推开一家普通住房的门走了进去？杜尔康想，一定是个采花和尚，手里有了一千元钱，来讨好相好的了。便轻手轻脚走到门口，从门缝里往里看。

那和尚拉亮了灯，桌上已经摆着几碗菜，一碗红烧肉还冒着热气呢。他从橱里拿出酒瓶,倒了一杯,就着红烧肉,有滋有味地吃起来。不一会,里屋走出一个女人,手里还抱着一个孩子。那女人说:"阿毛爹,你回来啦! 今天怎样,生意好吗?"那和尚先揭了僧帽,又伸手到后脑勺慢慢往头顶掰,不一会便把一个光头的塑料头套揭了下来,露出了一头黑发,他笑着说:"今朝运气不错,碰着个小糊涂虫,我三言两语就哄了他一千块钱。怎么样?我这个第三产业还不错吧!"话音刚落,只听门外"扑通"一声,夫妻俩开门一看,只见杜尔康倒在门口。

连和尚也有冒牌的,杜尔康气得昏厥过去。

(吴仲川)

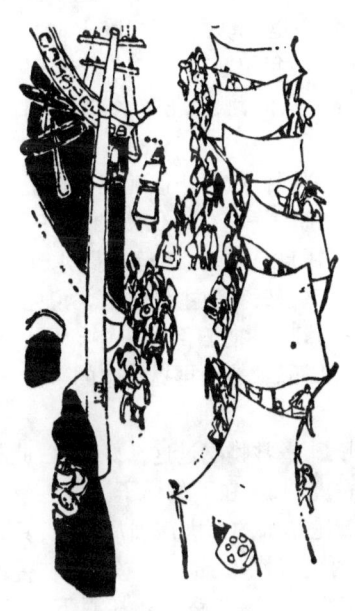

背红薯

　　江西昌江岸边有个镇子，叫石磨镇，镇里有位年轻的寡妇，名叫邵仁爱，她长得俊俏，心灵手巧，人称"招人爱"。邵仁爱自从丈夫死后，和两岁的儿子苦苦熬了六七年，盼来了党的富民好政策。眼看不少人搞承包都发了财，邵仁爱也跃跃欲试，想承包镇子上一个缝纫合作社。

　　承包缝纫合作社首先要订合同，关键就看镇上乡镇企业办公室主任是否手下留情。怎么打开这一关呢？邵仁爱想来想去觉得俗语说得好："筷子打人人点头，包子打狗狗摇尾。"酒杯一端，万事好说，还是请主任来家吃顿酒饭吧。这一天，邵仁爱炒了几样好菜，买了一瓶好酒，傍晚时就打发儿子去请主任。

　　主任名叫花路水，三十五岁，是个头子活络、精明能干的新领导,他办事样样好,就是见了女人迈不开步子。这一天,他见邵寡妇的儿子来请吃饭,不免心里一动:这寡妇晚上请我吃饭,准有事。啥事呢? 噢,也难怪,她年纪轻轻守寡这么多年……于是他穿上新衣,套上皮鞋,擦上头油,洒上花露水,悄悄出门,转弯抹角来到了邵仁爱的家。

　　邵仁爱一见花路水光临,立即像敬菩萨似地把他请上上席,沏茶敬烟之后,端上酒菜。寒暄了一会,邵仁爱便倒好了两杯酒,一杯送到花路水面前,一杯自己端着,不等花路水开口,便说:"主任今天肯赏脸,我很高兴,来,我敬主任一杯。"说完,一饮而尽。花路水好不高兴,一仰脖子,把酒倒入口中。邵仁爱心想:要想订好合同,必先灌他几杯酒,然后再提承包的事。于是,笑容可掬,频频敬酒。

　　再说邵仁爱那九岁的儿子,平常哪吃过这么好的菜,此刻就像饿虎下山,筷子不停,狼吞虎咽,实在不像样子。邵仁爱看在眼里,急在心里,又不好当着花路水的面大声训斥儿子,只好在桌子底下拼命踢儿子的脚,两眼直朝儿子眨。谁知,邵仁爱的脚没踢到儿子,竟踢到花路水的脚上。花路水几杯酒下肚,脸红了,眼亮了,他见桌子底下有人踢他的脚,又见邵仁爱在眨眼睛,心里说:哟,果然是邵寡妇思春。这么一想,他的魂都掉了,赶紧也眨了几下眼睛。

　　邵仁爱见花路水也眨眼睛,以为他酒喝得差不多了,便赶紧把自己想承包镇上缝纫合作社的事提了出来。花路水一听邵仁爱提承包的事,以为她想以此做个交易,连忙说:"可以可以,不过今晚……"邵仁爱以为花路水今晚就要签合同,就客气地说:"花主任如果觉得今晚喝多了,那就明天来吧。"花路水一听邵仁爱说明天来,以为她春心已动,今晚先来个感情交流,明晚就可以正式上马了,便冲着邵仁爱含情一笑,走了。

　　第二天天刚黑,花路水又悄悄来到邵仁爱的家。一进门,见邵仁爱在舂米,心里想:亏这小寡妇想得出,竟用舂米来暗示我,难得她用心良苦!赶紧把衣服一脱,热乎乎地走到邵仁爱身边,说:"来,我帮你舂。"邵仁爱倒没想到花路水会主动来,而且还要帮她舂米,立即说:"不不不,花主任,怎么还敢劳您舂米,实在过意不去。""不要紧,不要紧,这本来就是我们男人的事。唉!你也太苦了,这许多年,怪我关心不够。"花路水说着,就使劲地舂起米来。

等米舂好,已10点多了。邵仁爱打水给花路水洗脸,又去煮鸡蛋。花路水看邵仁爱忙这忙那,就是不提那件事,以为她还在培养感情。唉,寡妇的心真难摸哟!只得忍住欲火,在一旁察颜观色。不一会,邵仁爱见天太晚了,赶紧劝花露水快回去,并说:"花主任,签合同的事还是明天我到您家去吧。"花露水心里不痛快,但又怕性急吃不了热粥,所以连忙说:"不不不,明天晚上我来。我家人多,不好讲话。"说完,他看着邵仁爱深情地笑笑,又握着她的手用力捏了一下。

花路水走后,邵仁爱心想:花主任今天怎么啦?又是向我笑,又是捏我手,难道他想在我身上打主意?这么一想,邵仁爱睡不着了,她想来想去,想了一夜,终于给她想出了一个办法。

第二天一早,她趁送儿子上学的机会,找到在市体委武术队练武的弟弟邵仁忠,说:"弟弟,要是有人欺侮姐姐,你帮不帮忙?"邵仁忠举举拳头说:"谁敢欺侮姐姐,我就一拳将他打扁!"邵仁爱说:"不,打不行,打人是犯法的。你只要今晚10点整来敲我家的门就行了。"邵仁忠说:"这事简单,你放心吧。"

傍晚,花路水又悄悄来到了邵仁爱的家。一看邵仁爱在磨豆腐,心想:这婆娘还真有心计,变着法儿考验我,嘿,今晚我不磨到你这"豆腐",我绝不离开。邵仁爱一见花路水,连忙笑嘻嘻地迎上去:"花主任,又劳驾您了,今晚帮我磨豆腐吧!"

"好好好,应该,应该,我最喜欢磨豆腐,吃豆腐。来来来,我推磨,你添料。今晚你可不能再让我走夜路呵?""好说,好说,花主任,您真磨累了,待会儿我请人背您回去,好吧?""好啊,好啊,不过别人背我不舒服,你背我才舒服呢。"说着,就要来搂邵仁爱。邵仁爱一闪身子,说:"花主任,这样不好,天还早呢。""对对对,先磨豆腐。"于是,花路水袖子一挽,就磨了起来。整整磨了两个小时,才把豆腐磨好。

磨完豆腐,邵仁爱连忙打水给花路水洗脸,又去煮鸡蛋。吃完夜宵,邵仁爱提出承包的事,花路水这会已是心痒难熬,很快就签好了合同。花路水把合同递给邵仁爱,顺手就拉着她的手往房间里拖。邵仁爱见 10 点还没到,就冲他嫣然一笑,说:"花主任,您先进房去,我去前屋看看孩子睡了没有。孩子那么大了,让他晓得不大好。"花路水心花怒放,嘴里说:"对对对,你去看看就来。"就高兴地进房,想着这个迷人的小寡妇马上就要投入自己的怀抱,不由神魂颠倒。

正在这时,"咚咚咚"外面传来急促的敲门声,惊得花路水魂灵出窍,正不知如何是好,就见邵仁爱慌慌张张奔进房间,对花路水说:"花主任,不好了,我弟弟来了,怎么办? 我倒没什么,您在镇上是有威望的人哪!"

花路水吓得浑身发抖,他知道,邵仁爱的弟弟是市武术队的好手,让他打三拳,不死也丢半条命,急得不知怎么好。邵仁爱说:"快! 花主任,您还是先躲一躲吧,等我把弟弟打发走了你再出来。"往哪躲呢? 床底下不行,水缸里水满满的,不淹死也要冻死。那怎么办呢? 邵仁爱忽然想到了什么,说道:"有了,我家有三麻袋红薯,已经吃了一袋,您暂时躲到那空麻袋里去,我弟弟一定看不出来。怎么样?""好好好,你快点。"邵仁爱让花路水钻进麻袋,将袋口扎好,再去开门。

门一开,邵仁忠虎里虎气地冲了进来:"姐姐,姐姐,谁欺侮你了?"邵仁爱见弟弟大嚷大叫,连忙朝他眨眨眼睛,轻声说:

"呵,仁忠哇,最近姐姐在一本什么杂志上看到练武术的人吃红薯最好。姐姐今天送袋红薯给你。"

邵仁忠这才弄明白姐姐原来是叫他来背袋红薯,真是一场虚惊。既然姐姐一番好意,就老实不客气地拣了一个大麻袋,背起就走。正好把花路水给背上了。花路水还以为邵仁爱会尽快打发她弟弟走的,没想到这个二愣子弟弟将他当红薯了。怎么办呢?叫又不敢叫,只好让他背着走。花路水在邵仁忠背上又闷又急,急得尿都憋出来了。邵仁忠见麻袋里滴水,以为是红薯烂了。就自言自语说:"姐姐怎么了,将烂红薯送给我,烂红薯有啥好吃?还是让我丢到前面河里去吧。"一听这话,吓得麻袋里的花路水魂也飞了,他感到性命要紧,再也顾不了羞耻不羞耻,赶紧大叫起来。

这一叫将邵仁忠吓个半死:怎么?红薯还会叫?赶紧放下麻袋打开一看:呵,是花路水?他这才全部明白姐姐的良苦用心。花路水羞得无地自容,钻出麻袋就跑。邵仁忠这边大声喊道:"花主任,您老好走呵!当心摔跤。"

(彭桂林)

三姑娘打针

　　玉山县人民医院从去年开始搞职称评定,到今天还没结束,原因就是僧多粥少。就拿医院的打针间来说,打针间一共有三位护士:小刘、小吴、小王,她们学历、工龄都一样,论资格,三人都可评上护师职称,可三人中偏偏只有一个名额,给谁呢?初评委反复研究讨论多次,还是没有最后定下来。初评委委员、玉山县卫生局副局长李实济苦思冥想,终于想出一个妙法。这天,他正巧有些感冒,去医院配了三支针剂,他要让三个护士每人替他打一针,谁打得好,就说明谁的打针技术高,这护师的职称就给谁。

　　李实济来到打针间,三个护士正在议论职称评定的事,看见李实济进来,都迎了上来:"李局长,您好。"李实济点点头说:"大家好。我生病了,配了三支针剂,想麻烦你们每人给我打一针。"

李实济边说边从公文包里取出一盒针剂,放在办公桌上。

三个护士一听,都明白这是李副局长亲自来考核自己的打针技术,因为这次打针直接关系到自己职称评定,所以她们都有些紧张。

第一个为李实济打针的护士是小吴。她让李实济坐到屏风里边的高脚凳上,熟练地划开针剂玻璃口,将针剂吸进针筒,然后用药棉在李实济的臀部轻轻揉了一揉,说时迟那时快,只见空中一道银光一闪,针尖迅速、准确地打进了李实济的臀部。不料银针在刺进肌肤的一刹那,李实济竟忍不住"啊呀"叫了起来。他一叫不打紧,把小吴吓一跳。她想自己打针这般迅速、熟练,李副局长还要"啊呀"一声,鼻尖上不由得沁出了汗珠。她心中暗暗祈祷:李局长,您可千万别再叫唤呀。她屏住呼吸,缓缓推动针柱。不料这针剂反应比较强烈,李实济只觉得臀部又酸又胀,忍不住"啊啊啊"地连叫三声。

这三声一叫,小吴晓得完了,慌忙拔出针头,一边揉一边焦急地问道:"李副局长,你感觉怎、怎么样?"

"什么怎么样,吃了颗子弹。"李实济紧皱眉头,心里已在小吴的名字上打了个大叉,护师职称没她份了。看着李副局长的脸色,小吴的心里凉了大半截,忍不住流下泪来。

李实济"啊啊啊"三声叫唤传到屏风外边,小刘和小王听了心里着实高兴。李副局长这一叫,无疑宣判了小吴职称希望的破灭,也意味着刷掉了一个强劲的竞争对手,希望由三分之一增加到二分之一。看到李实济从屏风后面歪歪扭扭地走出来,小刘连忙迎上前去,说:"李局长,下一针该轮到我来帮您打了。""唔。"李实济点点头,"这次换一边打。"李实济慢吞吞地挪到了高脚凳上坐定,又不放心地回过头来再关照一声:"小刘啊,你千万要小心打。""嗯、嗯。"小刘一边点头一边心里盘算:论打针技术,小吴比我熟练,她都过不了关,我可不能鲁莽。小刘对李实济道:"李局长,您等一下。"说罢走进里边换衣间,迅速找出一小瓶麻醉剂,用药棉蘸了一下。然后再走回来。将蘸了麻醉剂的药水棉花在李实济的臀部上擦了几下,一边擦一边引开他的注意力:"李局长,您看,窗外的桃花开得多艳呀。""唔,这桃花确实开得不错。"趁李实济欣赏桃花时,小刘将针一下子扎了进去,不料李实济大叫一声"唷唷唷",小刘一下子呆了。原以为擦了麻醉剂,别说扎上一针,就是戳上一刀也不会觉得痛,不料那瓶麻醉剂却是冒牌的劣质品,早已失了效。小刘只当胜券在握,这一针扎得又重,李实济如何经得起这样一戳,一连叫了三声,嘴巴、鼻子早已聚作一团,把个小刘慌得六神无主,手足无措,再也稳不住阵脚,针剂才打了一半,再也不敢打下去,偷偷抽了出来,将余下的一半针剂注射在地上了事。李实济"哼哼唧唧"地从高脚凳上挪下来,一拐一拐像个跛子。

李实济的三声"唷"传到外面等消息的小王耳朵里,想想小吴、小刘的打针技术都比自己高,一个"啊啊啊",一个"唷唷唷",轮到自己打,不知李副局长会喊出什么吓人的声音来哩。可事情已经到这一步,伸头也是一刀,缩头也是一刀,丑媳妇总归要见公婆,打就打吧。

再讲李实济打针吃了两次苦头,心里也着实有点害怕,但又一想,身为副局长,不能在下属面前说话不算数,所以只好硬硬头皮,把小王叫了进去。

他心有余悸地看着小王手里捏的针筒,犹犹豫豫地坐上了高脚凳,迟疑地问小王:"我两边都打过一针了,现在还酸痛得厉害,这第三针往哪儿打呢?"小王"嘿嘿"一笑,安慰道:"嗨,李局长,你不要害怕,我打针有法宝,一定不痛,你放心好了。""唔,你打针有法宝?那倒要领教领教。你是最后一针了,再打不好,这职称……""我知道。"

小王扶李实济坐定,用药棉在李实济的臀部上擦了一下,李实济恰似惊弓之鸟,紧张得站了起来。小王连忙拉住他:"嗳,我针还没有打呢。""呃,这个,这个,我太紧张了,太紧张了。"李实济自己也觉得不大好意思,又重新坐好。

屏风这边,小吴和小刘眼泪盈盈,正在等着听李实济会发出什么怪声。正在这时,屏风里传来了李实济"咦咦咦"的声音,小吴和小刘都吃不准,这"咦咦咦"算什么意思,是痛还是不痛?两个人赶紧擦了一把眼泪,忍不住走了进去,只见李实济笑容满面,一边系裤子一边夸奖小王:"小王啊,你年纪轻轻倒真有两下子,这针打得一点都不痛,看来的确是'不怕不识货,就怕货比货'呵。"

小吴和小刘两个人听了全愣了,小王这点打针本事她俩肚里一清二楚,明明是一样的针剂,怎么会自己打得痛她反而打得不痛呢?难道这里面真有什么诀窍?小王看看愣在那儿的小吴和小刘,心里暗暗好笑,自己初试锋芒,一举成功,这护师的职称非自己莫属了。

李实济临走时回过头对小王说:"小王啊,你真是难得的人才。这次护师的职称你当之无愧。小吴,小刘,你们俩要虚心向小王学两招噢。"

小刘心里起了怀疑,她扫了一眼地上,发现小王刚才打针用的药棉丢在凳脚边,便上去捡了起来,两个手指一挤,只见黄色的针剂像断了线的珍珠滴落下来。一切都明白了,原来小王将针扎进棉花球里了。李实济吃惊地瞪大了眼睛,半晌说不出话来。

(徐　剑　姚梅芳)

义务劳动

　　炎夏的一天,骄阳似火,一个美丽漂亮、穿着时髦的姑娘苦着脸,眼里还挂着几点泪珠,手里拿着一根小竹竿,在一个臭烘烘的阴沟洞里掏呀掏的。

　　姑娘的举动引起了一个过路人的好奇,他走过来,弓着身子,想看看她在掏啥。一会,又来了一个过路人,就这样,来看稀奇的人　来　多,围了一大群,叽叽喳喳地问:"啥事! 啥事!"

　　见来了这么多人,姑娘柳眉一挑,擦去额上的汗,苦着脸说:"我的一只金戒指掉到阴沟洞里了,求求你们帮帮忙吧。"她见大伙没啥反应,就从口袋里掏出一张崭新的100元大票子,说,"谁帮我摸到金戒指,我就给他100块钱。"

　　俗话说:重赏之下,必有勇夫。姑娘的话音一落,就有十来个人争着要帮她寻金戒指。一个喊："我先来!"另一个嚷："我先到!"十几张嘴叽叽喳喳争着,谁也不让谁。可是,尺把见方的阴沟洞,怎容得下十几个人同时掏呢?

这时,有个人提议排队,每个人到阴沟洞里抓一把。但又有人不同意,说谁先谁后?经过协商,采取抓阄分先后。于是,大家按照抓阄的次序,排好队,每人到阴沟洞里抓一把污物。

垃圾从阴沟洞里一把又一把地被抓了出来,不一会儿工夫,堆起了一座小墩墩。每个人都把手中抓到的污泥细细筛了几遍,都没见到金戒指。有些人已经来回排了三四次队了,除了抓到几把臭泥外,什么也没找到,不由起了疑心,朝姑娘问道:"究竟有没有金戒指?别骗人啊!"

姑娘对天发誓:"保证有!"

于是,人们又开始朝深处掏。起先是往下一蹲,抓一把就走,现在非趴下不可了,可照样有人趴着干。终于阴沟挖通了,臭水下去了。可仍然不见金戒指。

金戒指找不到,姑娘非但不着急,反而有点儿得意哩。为啥! 原来这姑娘叫阿凤,别看她外表漂亮,可是怕脏怕累,今天,她见自家门口阴沟洞堵塞了,弄得污水满地,臭气冲天,于是,她眉头一皱,想出了这么个缺德的花招,引人来给她掏阴沟。

现在,她见这些"阿戆"已把阴沟洞掏通了,便想滑脚。几个满身污泥的人好像觉察上当了,他们气呼呼围住阿凤,厉声问道:"喂,你是不是想骗我们挖阴沟,故意说金戒指掉在里面了?"

阿凤哪肯认账,连声说:"不,不,可能金戒指重,沉到底下去了。"

"胡说,我们都把阴沟洞底摸遍了。你快把100元交出来。"人们忿忿骂着,同时伸出脏手要来抢那100元钱。

就在这时,忽听阴沟洞旁一个小青年"哈哈"一阵怪笑,大声喊道:"找到了,找到了,金戒指被我找到了! 哈哈,十张分归我啦!"

大家回头一看,只见那小青年手里挥舞着一只金光灿灿的大方戒,又蹦又跳:"哈哈,我是从砖头缝里挖到的。"他边说边把金戒指交给阿凤,问道:"小姐,是不是这只?"

阿凤接过金戒指,头脑里"嗡嗡"响,天知道阴沟洞里怎么真的冒出一只金戒指呢?阿凤脑袋瓜真灵,突然明白,这只金戒指一定是以前人家掉在里面的,这次是瞎猫碰上死老鼠,歪打正着撞上了!顿时,她柳眉一扬,一把抓住小青年臭烘烘的脏手,连声说:"没错,是这只,谢谢你,谢谢你!"说完,将100元钱交给了小青年。

小青年接过钱就走了,其他人自认倒霉,悻悻而去。

阿凤高兴啊,没用自己动个指头,家门口阴沟洞掏干净了,又只花了100元钱换了一只价值一千多元的金戒指。

这天晚上,阿凤喜滋滋地把白天的事告诉给她的男朋友,又得意洋洋地将金戒指给男朋友看。男朋友接过金戒指仔细一看,又将金戒指的两脚一扳,不料竟没扳动,疑惑地说:"会不会是假的哦?"阿凤连声说:"不会的,不会的!"

第二天,他俩把金戒指送到金银首饰店去鉴定,果然是只铜戒指。这一下,阿凤双脚跳了。

(赵　歌　搜集整理)

因 小 失 大

外头偷只狗，屋里丢头牛，捡粒芝麻摔了个大跟头。

杨小光收徒

东乡有个农民叫杨小光，大概是祖上功德无量，昨天从天上掉下一笔横财，一张十元定额储蓄中了一等奖。这不，白白赚进一千五。杨小光早就想买一台彩色电视机，现在正是"想上楼，人家递来一张竹梯"，再好不过了，所以拿了钱就直上县城。

那时电器商店可是大热门，只见那里是人挨人，人挤人，到处是一条条长龙。排了很长时间，才轮到杨小光。只见他胸脯一挺，神气十足地喊道："来架十八英寸的大彩电。"营业员瞥了他一眼，问："有票吗？""有，有，钞票我有。""如今谁没钞票，我问你有彩电票吗？""这、这我没有。""没有？一边去！下一个。"

杨小光白白排了半天队，连彩电壳子都没摸到，还挨了一顿白眼,只好自认晦气,骂骂咧咧地走出商店。走出几十步,就听后面有人喊道:"大兄弟,请留步。"杨小光回过头,见是个陌生的老头,正气喘吁吁地追上来,觉得有些奇怪,便站住了脚。

那老头跑到杨小光面前,不曾开口就递香烟。别看杨小光衣服穿得蛮挺刮,可骨子里最爱贪小便宜,他把"马无夜草不肥,人无外财不富"看成是做人的诀窍,现在见有人给自己递烟,就不客气地接过来,美美地吸了几口,问道:"你找我有什么事?"那老头低头哈腰,赔着笑脸说:"大兄弟,有点小事想麻烦你。""哎唷,我没空呀。"这杨小光烟是要抽的,但帮人办事他是怕的。杨小光刚想扭头就走,不料那老头挡住他的去路,又伸出手指指前面那家饭店,说:"大兄弟,咱们先去那儿喝两盅,我作东。"本想溜走的杨小光乐得差点蹦个跟头,今年真是额角头撞着天花板,昨天中了头奖,今朝又有人请我喝酒,看来人有了福推也推不掉。当下连问都没问,就喜滋滋地跟着老头走了。

那老头可真够大方,一口气点了两只冷盆,四只热炒,外带一瓶桂花大曲,把个杨小光乐得眼睛都快眯成了一条缝,拿起筷子,就像秋风扫残叶,三下五除二,六只菜全部倒进肚里。那老头又赶紧点了四只热炒,连声称赞:"吃得下,做得动,可真是好福气呀,来,再干一杯。"

杨小光胸口朝前挺挺,啊呀,酒不好再吃了,胸口还藏着一千五百元钱呢。原来,杨小光怕钱被人偷去,所以特地在运动衫里面缝了个口袋,把一千五百元藏在那里。这样,外面有棉衣挡着,里面呢,只要胸脯挺挺,就能知道钱还在不在,的的确确弄了个双保险。

杨小光放下酒杯,抹了一下油光光的嘴巴,说:"吃了半天,还不知大爷您贵姓?""不敢,在下免贵姓张。""噢,是张大爷,我无功不受禄,你找我有什么事?"张大爷警惕地朝四下望望,凑近杨小光耳根轻轻说道:"你检查一下口袋。"杨小光低头一瞧自己的中山装,"啊呀"吓得面如土色,半天说不出话来。原来,他的衣服口袋被人用刀片划过。杨小光赶紧挺挺胸脯,谢天谢地,胸口硬绷绷的,钱没掉,放下心来,问:"张大爷,这是哪个王八蛋干的?"张大爷胆怯地压低声音:"刚才我看到一个穿得花里胡哨的小青年一直在你身边打转,就知事情不好,以后我看他拿着刀片划你的口袋,我可没敢喊,这一,他手里拿着刀,我惹急了他,给我一下子,咱就坐不到一块了;这二,我见他摸了半天没摸着东西,我也算放了心。"

此刻,四只热炒还没上来,所以杨小光也有空客套几句了:"谢谢张大爷提醒,瞧瞧,该我请客才对,怎么反让张大爷您破费呢。"张大爷赶紧又递过烟去:"大兄弟,不是我当面吹捧,我一看就知你是个高人,走南闯北,经验丰富,我想拜你做老师。""什么,拜我做老师?"杨小光实在弄不懂了,今天是撞了那门财神爷,又是请喝酒,又是拜师傅。他不解地问:"你要我教什么?"张大爷很虔诚地说道:"师傅,我年纪大了,眼神不好,反应也慢,所以出门带个钱包总让人偷去。为此,我心里一直想拜个高师,找了好几年,今天遇着师傅您,您一定要收下我这个徒弟呀。"

杨小光弄明白了对方的意图,心里不由得暗暗发笑,这个老头真是急病乱投医,我自己上城钱包还要吊在胸口,收哪家徒弟呀。不过,眼下还不能走,为啥?烟抽了,酒喝了,菜也吃了,更重要的还有四只热炒没上来,冲着那玩意,自己还得来两句。

当下杨小光摆开架式,拍着胸脯吹开了:"哎唷,张大爷,你可找准人了,我就是吃这门饭的,你看我眼观六路,耳听八方,和我打个照面,我就知他是好人歹人。所以,强盗、小偷呀,听到我的名字都屁滚尿流,逃都来不及……"要说杨小光这个农村汉子,既没见过多大世面,也没多大能耐,平时在村里顶多逞逞能罢了,可是今天被老头这么一捧,全身骨头轻得只有几两重,只顾摇头晃脑,牛皮吹得收不住了。

张大爷显然也被他吹糊涂了,在旁边一个劲地"啧啧"咂嘴,把头点得像鸡啄米,敬佩得了不得:"啊呀,我可是开了大眼界,师傅莫不是公安部门的?"俗话说得好:"吹牛不枪毙,奉承难上税。"张大爷这奉承话,把杨小光酒劲给吊上来了,他只觉得头脑热烘烘,吹 玄乎:"好眼力,我就是公安部的侦察员,专门和小偷打交道,你看,我今天带了一千五百元,他们只好朝我望望,谁敢动。"

张大爷一听,高兴得差点趴下来磕头:"师傅,快教教我,钱放在身上哪个部位最保险?"杨小光不以为然地指指胸口,"这太简单了,你们凡人只要在里面缝个袋,就可以双保险了。我嘛,自有特异功能,人一碰钱,铃就会响。"张大爷恍然大悟,乐得赶紧再敬烟,又殷勤地擦着火柴,"啪"给师傅点着,由于激动,手一抖,火柴棒不偏不倚正巧掉进杨小光脖子里,烫得他"妈呀"一声怪叫,从凳上跳了起来。张大爷一看闯了祸,要紧帮助解开杨小光的衣服扣子,扑打着残星,嘴里还连连说道:"该死,该死,啊哟,师傅胸口烫了个大泡,这、这怎么办?"这时候,杨小光突然看到服务员端着热炒过来,魂一下子给勾了过去,胸口也不痛了,不在乎地摇摇手,连声说:"没关系,没关系,看上菜了,咱们趁热吃吧。"张大爷殷勤地帮杨小光扣好衣服扣子,朝自己口袋一摸,摸出一只皮夹来:"师傅,我再去买包烟,给您赔罪。师傅,你坐稳慢慢吃,我走了。"杨小光也顾不得说话,低头大吃起来。足足吃了一刻钟,突然一个饱嗝上来,觉得好像有些不对劲,又赶紧挺挺胸脯,怎么硬块没了? 用手一摸,"妈呀"一千五百元钱没了……

杨小光这才明白,自己碰到了骗子。

(吴 伦)

奇怪的病症

　　施效洋今年十八岁，是厂里出名的"业余华侨"。这天，下班回家，乘上公共汽车，见车厢里有一位体态轻盈、打扮得花枝招展的外国女郎，两只眼睛不由瞪大了。

　　忽然间，只听得"嗖"的一声，从外国女郎的小皮包里掉下一支印满外文的绿色牙膏。施效洋眼睛一亮，他本想马上弯腰去拾，但一看车上人多眼杂，便装着没事样子，先伸个懒腰，把腿一伸，翻过脚板，轻轻一勾，那支牙膏就到了自己脚边。他的胸口忽然像钻进一只兔子似的，"扑通扑通"地跳起来。心想：这可是地道的外国货啊！一旦弄到手，不仅自己可以过过洋瘾，还可以在女朋友丽娜面前炫耀一番。只见他翻了好几只衣兜，拉出一块皱巴巴的手帕，捂住鼻子擤了一阵。忽然一松手，那手帕掉下来,恰好盖住那牙膏,尔后,他像蛇舔青蛙一样,一伸手,那东西便进了他的衣袋里。

回到家,他关紧房门,急忙掏出那支牙膏,如获至宝地欣赏起来。然后轻轻地挤出一点,放到鼻子跟前闻了一下,啊呀呀,到底是外国货,连香味都两样呢!

第二天起床后,他首先就拿起那支外国货,小心翼翼地挤出一点点,美美地刷了一次牙。他边刷边想:从今后,我这积满了烟垢的牙齿就要大放光明了!只要每天早上都用上这么一点点,说不定连呵出来的气也会喷香呢!

不料大约半小时之后,施效洋只觉得嘴里异样地不舒服,赶紧到镜子前一照,只见嘴唇皮在不断地胀大,摸摸表皮挺硬,肿得发光。啊呀,难道这不是牙膏?施效洋突然想到许多惊险推理小说里,经常有女间谍用各种新花样杀人。这个外国女郎难道也是……他想紧张,想不敢想。为了性命,他也顾不上面子了,准备先上医院,再去公安局报案。

施效洋捂住嘴巴,赶到市内最大一家医院。他三步并作两步奔进外科诊疗室,脚跟还未站稳,便气喘吁吁地对外科医生说:"医生,看在上帝的份上,赶快给我治疗一下吧!你瞧——"说着,他松开紧捂嘴巴的手掌,把脑袋凑了过去。

这时,施效洋的嘴巴肿得就像一只大馒头。外科医生伸出两个指头,在肿胀部位轻轻按了一下,问道:"痛吗?"施效洋摇摇头说:"不痛。"外科医生把他的脑袋拧来拧去,又细看了一番,既没发现伤口,也找不到任何瘀血或者含脓的病灶。他奇怪地问:"该不是药物过敏吧?""不,不,"施效洋连连摇着头,喃喃地说:"直到刚才为止,我根本就没吃过什么药!""那么,你吃过什么特别的东西吗?"施效洋摇了摇头。"那你接触过什么化学物品吗?""化学物品?"施效洋迟疑了一下,硬着头皮问,"牙膏也算化学物品吧?我……"施效洋为了性命,只得红着脸儿低着头,断断续续地将拾到牙膏刷牙的经过说了出来。

施效洋说完，伸手从裤袋里摸出那支外国牙膏，递给了外科医生，心有余悸地问："这会不会是特务故意丢下的化学毒品？医生，求求你，赶快拿去化验吧！"

外科医生接过来，仔细地看着管子上面的英文字。看着看着，忍不住"哈哈哈"放声大笑起来。他这一笑，笑得施效洋莫名其妙，门外两位护士听到笑声，也好奇地推门进来了。

"你们看吧！"外科医生把那支"牙膏"摊在手心上，让护士们看。两位护士一看，立刻说："好家伙，还是地道的法国货呢！"外科医生指了指呆若木鸡的施效洋，说："可怜这位摩登青年却拿来当牙膏用，你们瞧瞧他的嘴巴！"两个护士一看施效洋那肿胀的嘴巴，也"哈哈哈"笑弯了腰。

外科医生强忍着笑说："告诉你吧，后生仔！这根本不是什么牙膏，是国外妇女用的高级化妆品，叫做'乳房刺激素'。你一个大男人要它有何用？""啊！"施效洋一听，窘得赶紧转身，狼狈不堪地逃出了诊疗室。

（卢振海）

吓人的大腿

　　新光医院手术间今天有一例大手术，一位十五岁不到的小姑娘右腿膝盖骨上患了一个肿瘤，已经扩散，需要高位截肢。截下的病腿，医院派公务员戴度送到火葬场去火化。

　　戴度今年65岁，身板结实，为人忠厚，医院里上上下下，有什么急事，都喜欢请他帮忙。今天戴度接到任务，立即行动，他怕拎了病腿跑出去会吓人，就特地寻了一只塑料袋，把病腿装了进去，然后再用蛇皮袋套在外面，用绳子扎紧袋口，往肩上一背，走出了医院。

　　新光医院离火葬场有一段路，乘车子要半个小时。戴度挤上公共汽车，刚站定，只觉后面"啪啪"有人在拍他的蛇皮袋，他回头一看，是售票员："老头子，袋里放的啥东西？"戴度想：我放的是人腿，讲出来不但吓人，弄不好还得上公安局"讲讲清楚"，因此临时编道："小师傅，是、是狗……狗腿。"售票员用手捏了捏："喔唷，你这只狗腿很壮呀。"戴度听了有点窝火："谁的狗腿？你这同志怎么这样说话。"售票员自觉失言，忙打招呼："对不起，对不起，我看这狗腿血淋淋的，碰着乘客要骂山门的。来，拿过来，放在我卖票台下，保你万无一失。"售票员边说边伸过手，帮戴度一起把蛇皮袋放好。戴度感激地朝售票员望了一眼，庆幸自己今天碰到了好人。

汽车好不容易到了火葬场，车子一停，乘客陆续下车。戴度正想去拿蛇皮袋，售票员已经把它递了过来："老头子，当心些，路上不要碰到人家身上。"戴度感动得不知说什么好，真恨不得蛇皮袋里真是装的狗腿，可以分一半给他，表表自己心意。

谢别售票员，戴度背起蛇皮袋直奔火葬场。今天当班的是殡葬工小刘，小刘接过戴度递过来的医院证明看了看，随即打开袋口。"啊？"小刘一愣，问："你没搞错吧？""没错，医院让我背来火化的。"小刘有点不信，蹲下身子，用鼻子嗅嗅："没变质呀，送给我吧。"戴度一呆：眼下各地雁过拔毛的事挺多，但从未听说过火葬场要人腿的。戴度正在弄不懂，小刘把那只腿拎了出来，戴度定睛一瞧，我的妈哟，眼睛一眨，老母鸡变鸭，那人腿不知什么时候变成了一只狗腿！"这……"突然，戴度想起来了，自己刚才在车子上把蛇皮袋放到售票台下面时，那里好像已经有了一只蛇皮袋，会不会是售票员递给我时，张冠李戴给换错了？这一想，戴度紧张起来，狗腿香喷喷，人腿吓煞人，万一被人背回家，胆小的，吓出神经病，心脏不好的，吓掉一条命。戴度再也不敢想下去，拔脚就朝外跑，他要去找那个售票员。

这位售票员姓林名光，林光样样灵光，就是一样不灵光，他今年三十五岁，结婚五年，至今没有儿女。医生说林光的身体虚弱，最好吃点狗肉，可以滋阴壮阳。所以林光今天一早来上班，就去集贸市场买了一只狗腿，放在售票台下。因为是收摊货，所以特别瘦，刚才车子上一听老头背的是狗腿，用手一捏知道这只狗腿非常壮，也是装的蛇皮袋，顿时起了邪念，来了个调包计。

现在戴度急冲冲奔进汽车总站，他满头大汗，四处张望，突然看到林光正准备上车，就要紧跑上去，一把拉住林光的胳膊，说："小师傅，你刚才把蛇皮袋搞错了，我的那只蛇皮袋你快还给我。"林光回头一看，哟，这老头子追来了！他眼睛一眨，问："老头子，我刚才给你的是什么袋？""蛇皮袋。""你蛇皮袋里装的是什么？""是……"戴度仍旧不敢讲是人腿，"是，是狗……狗腿！""那么你拿回去的蛇皮袋装的是啥？""是狗腿！""老头子啊，"林光眼一瞪，"你出来辰光用蛇皮袋装的是狗腿，拿回去蛇皮袋装的还是狗腿，这错在哪里？我们要发车了，你快走开！"林光把戴度赶下车，车子"嘟嘟——"一声就开出了车站。戴度急得双脚乱跳，望着车子背影大叫："停一停！我的腿！腿！这样要出大事体格……"谁知　喊车子开得快，眼睛一眨影子也没了，戴度急得有口难讲，眼泪也落下来了。

调度员老黄走过来了，关切地问："老伯伯，出啥事体了？"戴度一把拉住老黄的手说："同志，请你帮帮忙，叫车子停下来，我的腿还在车子上。"老黄抬起头，惊讶地把戴度上上下下打量了一番，觉得他不像是神经有毛病，这才用手指指："老伯伯，你的腿不是好好地长在你身上吗？""不是……是那条腿。""老伯伯，人只有两条腿，你难道有第三条腿？""这个……"戴度这才明白自己急糊涂了，忙掩头藏尾地把事情经过讲了一遍。

老黄听了心想：一只狗腿，又不是什么大事体。就对戴度讲："老伯伯，不要急，我看你先回去，我打电话到终点站帮你联系一下，你明天再来领。"戴度一听明天来领，头摇得像拨浪鼓。"同志，不行，出了事我负不起责任。"老黄看戴度要得这样迫切，猜想他袋里大概还有其他重要东西,不便直言,就对戴度说:"这样吧,老伯伯,车子到了终点站小林就要下班回家,我给你一个他家里的地址,你自己到他家里去拿吧。"戴度一看有地址,毫不犹豫,谢过老黄就朝林光家方向走去。

再讲林光,一路上春风得意,车到终点,他拎起蛇皮袋,跨上自行车,"的铃铃……"直朝家奔去。奔上二楼,一进家门就喊:"阿珍,阿珍,你看我今天带回来啥好东西!"妻子阿珍正在厨房间忙夜饭,看见丈夫这么高兴,忙走出来问:"阿林,介开心做啥?"林光把蛇皮袋一拎:"这是我弄来的狗腿,我吃下去,包你养一个白白胖胖的大胖儿子!"阿珍一听心里好开心:"阿林,你先到里间去休息休息,我把这点菜烧好,就给你烧狗腿。"说完,阿珍又回到厨房,忙碌起来。

正忙着,只听门外"砰砰砰"有人敲门,阿珍走过去把门一开,只见门外站着个陌生的老头,满头是汗,气喘吁吁。来者就是戴度,他进门后一眼看到靠在墙角的蛇皮袋,顿时精神一振,冲过去一把抓住蛇皮袋说:"我的腿,这是我的腿!"阿珍见一个陌生人进来抢东西,吓得一边拉住蛇皮袋,一边喊:"阿林,快来啊!"林光不知道出了什么事,跑出来一看,心里一惊:这个老头子倒厉害的,竟然追到我家里来了。他心一横,抢上一步,拦住戴度说:"老头子,你明明拎走了蛇皮袋,为啥还要跑到我家里来?"他边说边把蛇皮袋朝自己这边用力一拉。只听"啪嗒"一声,从袋口里掉出一条血淋淋的人腿来,阿珍惊叫一声,差点晕了过去,林光声音也走了调:"你……"

戴度要紧关上门,把事情来龙去脉说了一遍,然后背上蛇皮袋就要走。林光一见老头要走,忙喊:"老头子,那我……我的狗腿呢?"戴度回头一笑:"在火葬场,你明天自己去拿好了。"林光一听,"啥?火葬场,啊……"

(黄震良)

阿狗相亲

　　我们村里有个青年叫许云,小名阿狗。长相不错,做生活也肯卖力气,就是有个毛病,喜欢打肿脸充胖子。娘舅为阿狗介绍了一个对象,约定农历七月初七鹊桥相会那天去女家相亲。

　　农历七月初七那天,阿狗理了发,吹了风,打扮一新,虽然不会骑自行车,还是推了辆崭新的"凤凰"神气活现地朝女家走去。

　　半路上,阿狗突然看见路上有一块亮晶晶的东西,拾起来一看,是一个椭圆形的金光闪闪的徽章,正面是红色的,晶莹剔透,好像红玛瑙,上面还有几个字,阿狗不识拼音,更不懂外文,因此那弯弯曲曲的字是什么意思,阿狗一点也弄不清楚。不过阿狗有点小聪明,估计不是奖章就是纪念章,退一步讲,就是旅游纪念章,到时也能吹嘘自己到过某个名胜古迹,也是荣誉的标志。

于是他把钥匙圈上的一枚镀金小链条解下来,从徽章小洞里穿过去,朝头颈里一套,左看右看真好像是奥林匹克运动会获得的一块金牌。

阿狗挺着胸膛来到女方家,娘舅早已等在那里,将阿狗引见给姑娘的母亲。姑娘的母亲满面堆笑,一面端凳、倒茶、分糖果,一面从头到脚,从脚到头,上上下下往阿狗身上扫描了三遍,这真叫丈母娘看女婿, 看 有趣。虽然这桩亲事还刚刚开始,但姑娘母亲已看得有滋有味,第一印象蛮好。姑娘的母亲笑眯眯地朝里屋喊了声:"阿花,来客了,快出来!"姑娘打扮得花枝招展,红着脸,低着头从里屋出来,文静地坐在一角,始终没抬起头来。

阿狗左顾右盼看不见姑娘的脸,心里痒得难熬,突然他急中生智,咳嗽一声,想引起姑娘注意。姑娘母亲听见咳嗽,又见阿狗面容清瘦,就问娘舅:"你外甥身体可好?"娘舅说:"我外甥身体你放心,他从出世到今朝没进过医院。"阿狗想起半路拾到的那个宝贝,顿时来了精神,急忙插嘴说:"伯母,我看上去瘦,但肌肉结实,去年县里举行农民运动会,10000米长跑我还得了块金牌。"这一说,姑娘禁不住也抬起头来看个究竟,阿狗趁这当儿看清了姑娘的脸,啊,长得真漂亮!

正在这时,进来一个人,是姑娘的阿哥,乡兽医站站长,他刚参加完乡捕杀无证家犬的紧急会议,见未来的妹夫坐在那里,就准备上前打招呼,那料见阿狗头颈里挂着的东西,不由倒抽了一口冷气,眼睛睁得比铜铃大。但他比较有修养,马上镇定下来,装作随便问问的样子,说:"这位小青年可有毛病?有没有打过什么预防针?"

阿狗一听,真是丈二和尚摸不着头脑。娘舅马上说:"哪里会呢,我外甥的身体不仅好,还是长跑运动员,啊,得过万米长跑金牌哩!"

　　姑娘的阿哥苦笑了一下,装作疑惑不解地问:"这块奖牌上怎么有个狗头?"娘舅傻了眼,阿狗心里别别跳,但他嘴里还很硬,连忙说:"因为狗年得的奖,所以有个狗头……"姑娘阿哥再也忍不住了,他拍了一下桌子,站起来说:"请你不要猪鼻插葱——装象了,你骗得了别人,可骗不了我这个兽医。这个东西是什么? 是我们上海兽医站监制的犬类免疫牌!"

　　"啊,是狗牌!"娘俩惊叫一声,几乎晕倒。

　　娘舅、外甥被扫地出门。娘舅怨气冲天,埋怨阿狗说:"你什么东西不可以戴,为什么偏偏戴个狗牌?"

　　阿狗嘴还硬:"我小名叫阿狗,不戴狗牌戴什么?"

(张更生)

吃白食

　　青工牛宝宝人模样还潇洒,可就一样毛病,嘴馋,平时常爱占点小便宜。这天下班,他路过个体户开的"香得来"饭店,猛听里面有人热情地喊:"啊哟,科长是您啊!"牛宝宝打了个愣,四下瞧瞧,身边除了影子,连只会跳的蛤蟆都没有,看样子,对方是在和自己打招呼。可他抬眼把对方从头到脚看了一遍,却怎么也想不起来在哪见过面。正在丈二和尚摸不着头脑的时候,那人已经三步并作两步从里面冲出来,一把挽住牛宝宝,连拖带拽把他朝饭店里拉,嘴里还一个劲地套热乎:"科长,喜鹊枝头叫,必有贵人到。没想到是您啊,快请,快请!"牛宝宝 听 糊涂,哪来的科长? 我想当工会小组长都没人提名哩,这家伙八成是猫尿灌多了。于是摸摸脑瓜,粗声粗气问:"喂,你是……""啊哟,科长啊,您真是贵人多忘事,我是大新电扇厂的张厂长啊。前年,要不是您批给我们那些钢材,恐怕我们厂早就倒闭了。"

牛宝宝到这时才明白过来,对方是认错了人!他正想拂袖离去,却不料,张厂长"啪"打了个响榧:"老板,添酒,添菜。"这一喊,牛宝宝不会动了,只觉得口水直淌,肚子乱叫,心里在想:送上门的白食不吃,不成了猪头三了?吃!管他什么科长,处长,先冒名顶替吃它个昏天黑地再说!主意打定,牛宝宝装作恍然大悟的样子说:"噢,是老朋友了,难得,难得!"

张厂长拿起酒瓶,给牛宝宝满满斟了一盅,然后恭恭敬敬举到眉前:"科长,我代表大新厂全体工人,向您——我们的大恩人敬一盅。"牛宝宝心里憋不住直乐,妈妈的,天底下竟有如此混账的厂长。也罢,吃死胆大的,饿死胆小的。要吃,就吃他个满嘴冒油。当下,牛宝宝接过酒盅朝桌上一放。张厂长弄不懂了,忙问:"科长,这……"牛宝宝叹了口气,"如今假货太多,我不敢喝这种杂牌酒。"张厂长心领神会,立刻又喊:"老板,有正宗五粮液吗?来一瓶!"

酒一换,张厂长拍拍牛宝宝的肩膀,推心置腹地说:"科长,这年头生意 来 难做,今后我们厂就全靠您了。"牛宝宝立刻拍拍胸脯,说:"张厂长,你放一百个心,咱们不拆墙是两家,拆了墙就是一家嘛!""好,好。科长真是爽快人,干杯!"牛宝宝又满满灌下一盅,喉咙口立刻像有一条线穿着,浑身舒坦啊,他随意问道:"张厂长,你听说过甲鱼能防癌吗?"张厂长眼睛一眨,回过味来,赶紧又喊:"老板,有甲鱼吗?"老板见撞上了大主顾,双脚颠得不离地:"有,有,先生还需要什么?"牛宝宝见戆大厂长真是昏了头,更不客气了:"要是有大闸蟹,也可以来几只,那东西味道不错的。"

俗话讲:胆是吓大的,胃是胀大的。牛宝宝尽管久经考验,无奈这顿白食实在太丰富了,直吃得他上堵下塞,连喘气都感到困难。这个时候,他真希望张厂长能稍微离开一会,这样他好乘机放一放裤带。可眼前这个张厂长,仿佛也是个饿煞星,真正是狼吞虎咽,甲鱼、大闸蟹不顾一切朝肚里塞,一副要和牛宝宝比赛的样子。牛宝宝见盘里东西 来 少,立刻想出一个主意,只见他身子稍稍欠起:"哟,我忘了带烟,我出去买包烟。"张厂长果然中计,马上讨好地拦住牛宝宝:"我去,我去!"说完,一弓身出了饭店。

牛宝宝如释重负,把裤带全部放开,又美美地大吃起来,直吃得胃里一点空隙都没有了,才恋恋不舍地放下筷子。这时,老板笑容可掬地跑过来:"先生,您吃完了?""嗯!""那钱……""噢,今天是张厂长请我……"正说到这里,从外面进来一个小孩,径直来到牛宝宝面前:"叔叔,有个不相识的人要我把这张纸条交给你。"牛宝宝接过纸条,打开一看,立刻惊跳起来,原来那纸条上写着:

出门忘带钱,暂借先生脸;我吃你作东,不必说谢谢!

到这个时候,牛宝宝才明白自己是撞上了一个吃白食的骗子!他忿忿地起身,想出门去寻那个所谓的张厂长。可站起身,自己的后衣领被老板揪住了:"喂,付钱!"牛宝宝头上汗珠直冒:"我,我不认识他呀。"老板以为牛宝宝要耍 ,袖子一卷,气势汹汹地喝道:"想吃白食?哼,也不看看地方!"牛宝宝怕那钵头大的拳头砸到自己的脑壳上,忙拱手求饶:"别打,别打。我付钱就是了。"

老板"噼哩啪啦"一打算盘,说:"连酒带菜一共二百五十元。"牛宝宝一听,立刻浑身抽筋:"多少,二百五……"

(吴 伦)

讨口彩

　　长海区房产局出了一桩车祸,副局长身亡,小车撞坏,全局上下有人为副局长悲痛,有人为小车伤心。就在这时,一个可以购买一辆桑塔纳轿车的指标正巧下达到局里。

　　这个指标局里已经申请了三年,所以干局长接到通知,忙叫办公室王主任去办理购车和申领牌照的手续。

　　王主任精明能干,不到三天时间,该办的一切手续全部办妥,桑塔纳轿车领回局里,干局长十分满意。第二天上午就准备坐车下去兜兜风,他挺胸凸肚地围着轿车欣赏了一圈,突然脸色大变。只见他两只眼睛死死盯住汽车牌照,铁青着脸对王主任吼道:"你怎么领这么个牌照?"王主任刚才还满面笑容,等着干局长夸奖,现在被这么一吼,弄得莫名其妙,愣在旁边一动不动。

干局长见他还不开窍，　发不满，他指着牌照说："A1444，这不是还要死死死吗？我们局已经死了一个副局长，现在还要死死死，你到底想叫谁死？"

王主任一听，这才明白闯了大祸，干局长一向讲究口彩，这次自己怎么就忽视了呢？心里一紧张，解释的话都说不出来了。干局长见王主任不吭声，又急着吩咐道："你赶紧去想办法换一张牌照，否则，我就不坐这辆车子。"

王主任为了完成换牌照的任务，使出了浑身解数，一连找了六六三十六个关系，但是一无所获。就在王主任走投无路的时候，一天，他忽然接到了一个陌生人的电话，陌生人开门见山地说，他闻听房产局新买了一辆桑塔纳，因牌照号码不吉利而局长不喜欢，如果真是这样，他有意买下这辆带牌照的轿车。王主任一听心头一亮，想这辆车现在既不好换牌照，又让局长讨厌，不如转让掉算了。但他吃不准干局长是否同意，于是要对方留下电话号码，待请示后再定。谁料，对方一报电话号码，王主任一下子惊得目瞪口呆。原来电话号码竟是5911444，按干局长的理解那不就是"吾就要要死死死"吗？王主任一跺脚，心中暗想：好吧，你一定要"死死死"，我成全你！

王主任上楼找到干局长，把这事一汇报，干局长也"扑哧"乐了："呵，世上还真有不怕死的，既然这样，让他多出些钱，卖给他，我们再买新的。"

王主任的心头卸下了一块石头，他立刻放下手头工作去办转让手续。转让的事在价格上遇到了些麻烦，王主任想在买价18万元的基础上提高2万，准备20万出手。不料对方摸准房产局视"A1444"如毒蛇猛兽、急于要出手的心理，不但不吃王主任20万元这一套，反而咬住要在18万元的基础上再杀下去2万元，表示16万元才肯吃进。你来我往经过好几个回合，最后还是以买价18万元成交。房产局虽然白白送人家一只牌照户口，但把晦气送出去了,也算了却了一桩心事。

轿车卖掉了,干局长有一天想到了这件事,趁出差机会找到那位买车人,满腹狐疑地问:"你们为什么要买这个牌照?"

那人说:"我们单位是新组建的,急需一辆轿车,但一直搞不到指标,现在你们肯转让,我们当然十分感激。其实这个牌照是很不错的。""什么,不错?""是呀,搞音乐的人把'1'读作'多',把'4'读作'发',A1444,读起来就是'爱多发发发',我们的电话号码也是这个意思。"

干局长这才猛地想起他们是"发发歌舞团"……

(诸连标)

坐 井 观 天

　　没有知识的人,犹如是个在山地行走的瞎子。

瘪脚女婿

　　有个青年叫胡道礼,找了个对象叫林妹,两家相隔二十里,今天丈母娘提出要见新女婿。

　　胡道礼来到车站,汽车来了,他拨开人群,挤上公共汽车,用力一钻,抢到了靠前门的一只座位。他刚坐定,看见乘客都朝着自己望,心里有点紧张,要紧拿出镜子照照:大包头上发蜡涂得锃亮,香气四溢,有嚼头;再看看装束,一身衣服笔挺,气派非凡,蛮好!怪了,有啥好看的?再细细一想,噢,问题出在脚上,怪只怪老天不争气,雨落不停,害得"牛皮火箭"不能穿,只好换了双球鞋,显得有些不伦不类。不过问题也不大,丈母娘看女婿总是先看头,只要头争气,第一眼好印象就有了。

　　汽车开出不远,胡道礼觉得球鞋里火辣辣,湿嗒嗒,闷得实在难过,便将鞋子一脱,两只脚朝前面扶手上一搁,自得其乐地哼起小调来。刚刚哼了个头,觉得肩膀上被人轻轻拍了两记:"同志,请把鞋穿好,你的脚太臭了。"胡道礼斜眼一看,是坐在自己身旁的一个土里土气的老头,心里暗暗生气:我这副打扮,跑到哪里都顶呱呱,要你多啥嘴? 便粗声粗气地说:"喂,喂,讲归讲,不要动手动脚。"老人愣了一愣,还是和气地说:"公共卫生要大家遵守,你这样可不够文明啊!"胡道礼一听火了:"啥文明不文明,车上不准脱鞋,宪法有规定吗? 真是盐吃多了,尽管闲(咸)事。"老人无可奈何地摇摇头,把脸转向众人,说:"吃的盐和米,讲的情和礼。请大家评评,在全民文明礼貌月中,他这副样子,像话吗?"胡道礼"嘿嘿"一阵冷笑:"你倒蛮有水平,可惜咱不在全民,是大集体敲榔头的。"

人群中发出一阵哄笑,感到这小伙子有点无聊,于是纷纷劝说:"小伙子,你要虚心一点,老人说得有道理嘛。""别再逞强了,快把鞋穿上吧。"胡道礼一听,有点恼羞成怒,把火气全发到老人头上,大声骂道:"老瘟头,活够了没有,要你放什么臭屁!"老人被气得面孔煞白,双手直抖,连连摇着头说:"我在魔术团工作,跑了大半个中国,从来没有碰上像你这样缺德的人。"胡道礼洋洋自得地说:"我就是缺德,你眼红吗?"

汽车很快到了下一站,老人一边下车,一边诚恳地对胡道礼说:"小青年,做事可千万不能太绝……"话音未完,一口浓痰从车上飞下,汽车在胡道礼的狂笑声中又起动了。

胡道礼占了便宜,他 想 高兴, 想 忘形,不由自主地哼起了《拉兹之歌》。

不一会,下一站又要到了。胡道礼把头伸出窗口一看,顿时心花怒放,林妹陪着丈母娘正在车站等候呢! 他赶紧大声喊起来:"林妹,我来了。"说完,连忙想穿鞋。就在这时,胡道礼突然像被电触了一下,身子立刻硬得像根杠棒,一动不动地站在那里发呆。

汽车到站，车门打开，乘客纷纷下车，只有胡道礼立在车门口举足不定，黄豆大的汗珠从他那只"噱头"上滚下来。售票员见没人下车，"咔嚓"就将车门关上。下面的林妹急了："小胡，你怎么不下来?"胡道礼赶紧喊："我要下车!"车门又打开了。胡道礼望望丈母娘，又不敢下车了。售票员一见奇怪了："同志，下车请抓紧时间。"乘客们也嚷开了："吊在车门口算啥名堂?""刚刚吵得还不够? 你这个人真缺德，别耽搁大家的时间了。"

胡道礼被大家一催，只得跳了下去。丈母娘连忙把女婿从头看到脚，可这一看，不得了了，一股寒气从老人心底升起，话都说不全了："林、林妹，你怎、怎找个瘸腿……"林妹一看金鸡独立的胡道礼，火啊，上前一推："装啥怪腔。"胡道礼身子朝后一仰，跌了个四脚朝天。这时大家才真正看清楚，胡道礼一只脚上没穿鞋子。原来一只鞋子被变戏法的老头拿走了。

下车的乘客看到这一情景，不由得哈哈大笑，纷纷向林妹母女诉说胡道礼在车上的不道德行为。有人一语双关地对林妹母亲说："大妈呀，你可找了个蹩脚女婿啊!"

（吴　伦）

胡县长醉酒

　　山城县有个新上任不久的胡县长,因为他一上任就毫不含糊地抓了县城居民的老大难问题——菜篮子问题,并且在城郊大力发展养猪专业户,得到全城居民的拥护和上级的表扬。今天,他一高兴,便邀全县局以上干部,举行庆功宴会。

　　胡县长抓工作大刀阔斧,喝起酒来也是豪爽非凡。在今天的酒宴上,他谈笑风生,面对三十多位敬酒者,来者不拒,杯杯见底,胡县长的海量,惊得四座咋舌,啧啧称赞。

　　然而胡县长毕竟不是一只五十公斤的铁皮酒桶,经过这伙去了那伙来的轮番攻击,终于被灌得眼发花、腿发软、舌头转不过弯来,最后被几个干部扶回县政府宿舍里。

　　胡县长也不知呼呼酣睡了多久,突然"嘭嘭嘭"宿舍的大门被人敲开,从门外风风火火闯进一个人来,通讯员一看,来人是胡县长的亲戚,养猪专业户廖老三。

廖老三顾不得与通讯员说明来意,三步二步冲进胡县长房里,扑上去不轻不重地"啪啪"给胡县长两个耳光,然后又一把捏住他的鼻子嚷道:"不好了,不好了,快醒醒,快醒醒!"

胡县长总算被他捏醒了,他睁开血红的眼睛:"干……什么?"廖老三喊道:"几十头猪都快死了!""什么?"胡县长一听这话,如雷灌耳,一下子酒醒了一大半,"呼啦"坐起来,"你说猪……赶……赶快喊医生!找……找卫生局!"他一边说,一边伸手摸到床头柜上的电话机,拨了卫生局的号码。

胡县长冲着电话筒喊道:"老吴,你立即……十万火急,马上……组织一个医疗组,到廖老三的养猪场去……抢救!要安排技术最好的主任……主任医生,听见了吗?"吴局长问:"县长,是谁生了病呀?""不……不是人,是猪。""猪?"吴局长惊讶了,"这……县长,我们的医生是治人的,叫他们去……""治人的就不会治猪?是人难治还是猪难治?这是我交给你的任务,没有讨价还价的余地!"胡县长正要扔下话筒,又想起了什么,说:"要那个冯……冯什么?对,冯征医生,就要他去。"

吴局长握着电话筒,足足呆了五分钟,心想:胡县长真是乱点鸳鸯谱哩,要医院的医生去医猪,岂不是对他们的亵渎和侮辱,他们能去吗?可是,这是县长的指示,无奈,吴局长就到值班室里去找冯医生。

谁知事不凑巧,冯征医生家在农村,他休假回去收晚稻了。吴局长想到胡县长指名道姓点了冯医生,只得亲自出马,让医院司机开了救护车,"呜啦呜啦"风驰电掣般地出了县城,穿过田野,来到冯征医生的家门前。

冯征医生正与老婆在堂屋里筛湿谷,一听救护车鸣着警报器停在家门前,条件反射似的丢了筛子跑出来,还向老婆一挥手:"准备抢救!"可是,当他得知是给猪治病时,好像受了莫大侮辱一样光火了,"什么,要我去治猪?! 你……唉!"吴局长忙解释:"老冯,我刚才说了,这些猪是胡县长亲自……"冯医生双脚跳起来:"是皇帝老子养的猪我也不去!"吴局长赔着笑脸:"老冯,话别这么说。治人也罢,治猪也罢,都是党的工作,是上级领导对你的信任,是看上了你的业务技术。"冯医生说:"我的业务是治人,不是治猪。"吴局长说:"救死扶伤,也没说只救人不救其他的生命嘛。"冯医生一时语塞了。吴局长把他拉到一边,好说歹说才把冯医生哄上救护车,然后直奔廖老三的养猪场。

面对几十头不哼不叫、奄奄一息的病猪,冯医生惊诧得束手无策。他愣了好久,才弯下腰去,摸一摸猪的体温,听一听它的鼻息,看一看它的眼皮。碰上这些畜生,又不能问诊,他只好拿出体温表插进一头猪的嘴里,先试试体温。谁知道这畜生像牛反刍似的,嘴巴儿动了几下,把个体温表嚼得粉碎,一股鲜血就从嘴里流出来,在场的人都骇然了,冯医生窘得脸红脖子粗。

职业习惯使冯医生又戴上听诊器,可是戴上之后不知道往哪里听,于是就将听诊器在猪身上到处按。他边按边想:到底是什么病呢? 总得说出个病名来呀。最后他说:"食物中毒。"

一听食物中毒,吴局长马上打电话向胡县长汇报。还在迷迷糊糊的胡县长听说食物中毒,他眼也没睁,嘴里嘟哝着:"查,给我查! 给我……"话没说完,又睡过去了。

疲惫不堪的吴局长只得振作精神,马上又带人到猪场来取猪食化验。因食槽里的猪食已被猪们吃得精光,只好从装饲料的木桶里取了饲料,从水龙头里取了自来水,从畚箕里取了没喂完的青菜,差人一起送县卫生防疫站化验。

这时,天已大亮,廖老三的老婆提了水桶到水龙头上来接水做饭。她提了水正要往回走,背后猛然一声断喝:"站住!"吓得她灵魂出了窍。吴局长说:"化验结果没出来,这水不能用!"

　　谁知刚才这一幕,被附近一个妇女看见了,她赶忙回去告诉家里人,说自来水里有毒,把猪场的猪给毒死了。这一下可热闹了,一传十,十传百,一下子传遍了半座城。县自来水厂的厂长得知这一消息后,吓得赶紧让厂里关闸停水,自己跑到县广播站去发通知,告诉全城居民立即停止使用自来水。

　　总算化验结论出来了:饲料、自来水和青菜都没有毒,问题出在哪里?经过仔细询问,廖老三说在猪食里拌了县招待所的潲水。是不是潲水里有毒?吴局长马上打电话给招待所所长。

　　所长对这么重大的事情当然不敢怠慢,跑步到潲水桶里去取样化验,可是潲水已一滴不存,只好把厨房里所有的职工集中起来开会,调查分析毒源。可分析来分析去,也没结果。

　　再说胡县长起得床来,已经是第二天上午十点二十五分,他仍然觉得脑袋又重又大,里面像糨糊一样,装得很满很满。通讯员进来汇报,说食物中毒的事没有查出结果。胡县长茫然地看着他:"谁食物中毒?"通讯员说:"你忘了?廖叔叔的猪呀。"胡县长才隐隐记起昨天发生的事情,忙叫一声:"快,去养猪场。"

　　胡县长一进养猪场,就见廖老三的老婆正披头散发坐在地上"猪啊猪啊"地哭得天昏地暗。又见猪栏里的猪七倒八歪地躺了一地,却不见医生在治疗,不由得怒火中烧,大声喝问:"吴局长呢?""我……在这里。"吴局长满头大汗跑过来,向他说了找冯医生治猪的经过。胡县长鼻子一哼,说:"连猪的病都治不好,还想评什么主任医生?"吴局长忙解释说,主要是没搞清楚毒源从哪里来,中的是什么毒,所以不能对症下药。

　　胡县长眉头紧皱,沉思着,喃喃自语道:"是不是有人故意投毒?"他急忙派人打电话要公安局长来破案。

　　几分钟后,公安局长坐着警车来了。

　　警车一来,人们以为发生了谋杀案,全围过来。人群中有个衣衫不整的矮个子农民挤到猪栏前,瞪着一对溜溜转的小眼睛,把病猪看了又看,正要伸手去摸,被吴局长喝住了:"不许破坏现场!走开,都快走开!"

矮个子农民回头看着他,说:"这病我能治。"他见胡县长满脸狐疑的样子,又说,"不信? 治好了每头给五块,没治好分文不取,愿意不愿意?"廖老三连连答应,胡县长也只得点头。可是,这矮个子农民却提出三个条件:一是先交一百元定金,二是在场的人都不许说话,三是拿三根线香、一叠纸钱、一碗清水来。胡县长一听,气愤地喝道:"你这是搞封建迷信!"矮个子农民狡黠地笑着说:"迷信不迷信不要你管,只要我把猪治好就行。"廖老三可不嫌什么迷信,吩咐老婆到屋里去取香纸、清水,自己从兜里掏定金,末了把胡县长推到后面去,吩咐所有的人都不许吭声。

矮个子农民在猪栏前点燃香纸,闭起眼睛含含糊糊地念一段咒语,再装模装样地在清水上画了一道符,把清水泼在地上,重重地跺了一脚,喝道:"酒醉鬼,快滚!"法术就结束了。然后叮嘱廖老三:"这些猪不要去动它,你只管多准备些好食,明天早晨他们会爬起来吃的。"胡县长怒不可遏:"你这是骗钱! 你是哪个乡哪个村的?"矮个子农民又狡黠地笑笑,望了望水泥墩上的那叠定金,表示钱在那里,拍着手走了。

廖老三拿了定金追上去:"师傅,这些猪患了什么病?"矮个子农民故作惊讶地说:"怎么,我说了你没听清楚? 你呀,家里太发财了,酒吃不完就给猪吃,把它们都给醉倒了。"

"啊?!"廖老三和胡县长都骇得目瞪口呆。

原来昨晚宴席上人们向胡县长敬酒时,都把自己杯里的酒倒进潲水桶里,廖老三挑了潲水喂猪,猪都吃醉了。

(张绍庭　搜集整理)

父子打赌

　　有一家父子两个,老子看不惯儿子,儿子也看不惯老子。因为老子有钱舍不得用,有好衣裳舍不得穿,平时穿着破衣烂衫,就像个叫花子;儿子却专拣好的吃,拣好的穿,还欢喜赶时髦,摆阔气,就像个有百万家产的大少爷。因此,老子骂儿子是败家子,大甩料,儿子说老子是守财奴,死脑筋,两个人经常在家里吵嘴抬杠子。

　　有一天,儿子见老子还是穿着破衣烂衫,就劝老子了:"现在的世道是只看衣衫不看人,你穿得好,到处有人恭维你,穿得不好,就到处吃瘪。"

　　老子很不以为然:"什么只看衣衫不看人,这是为你吃好穿好找借口!我就不信现在的人都长了一双势利眼。"

儿子说："你若不相信,我们不妨打个赌看看。"

"打什么赌?"

"我们父子俩明天早上到茶馆里喝茶吃点心,跑堂的只恭维你不恭维我,我就输,今后我就照你的话办;跑堂的只恭维我不恭维你,你就输,今后你就不要跟我再啰唆。"

"好的,就这么办。凭我这么大的年纪,跑堂的也会对我特别恭维。你呀,算输定了。"

第二天早上,老头子仍穿着破衣烂衫到了茶馆。跑堂的看他这副穷相,冷冰冰地把嘴一噘,手一指,叫老头子在角落里一张三条腿的破桌子旁边坐下,既不问他泡不泡茶,也不问他吃什么点心。转身招呼另外的客人去了。老头子受此冷遇,气得胡子都竖起来了。

过了一会儿,老头子的儿子坐着一辆小车到了,他身穿全毛西装,小分头梳得油光水滑,鼻梁上架着一副金丝边眼镜,身上洒的是外国香水。他一进馆子的大门,就听见跑堂的高声大喊:"先生到!把中间桌上的台布垫起来啊——"

"喳!"

三四个跑堂的一拥而上,点头哈腰,齐声讨好:"先生,先生……"有的忙垫台布,有的忙揩凳子,有的忙泡龙井茶。他们忙着想着,这位大少爷付起小费来一定不会少。

"请先生用茶。先生今天是陪朋友,还是一个人独乐?"

"今天一个人独乐。"

"好的。一个人吃安静。先生先请品茶,吃什么,请先生昐咐。"

"今天简单些。烫个干丝,来一盘水晶肴蹄,定做一小笼蟹黄汤包,一小笼翡翠烧卖,千层油糕、三丁包子、豆沙包子、鲜肉蒸饺各带两只。"

"是!请先生稍待,片刻就到。"

　　一会儿工夫,菜到了,点心也全到了。老头子的儿子嘴里吃着,眼睛瞥见坐在破桌子旁边的老头子,桌上既无茶杯又无点心,晓得他今天吃瘪了。心想:打赌归打赌,他毕竟是我的老子,我不能只顾自己吃,让他坐在角落里望着我吃。随即向跑堂的招手:

　　"来呀!"

　　"先生有什么吩咐?"

　　"你看坐在角落里的那位年纪大的,他比我来得早,到现在还没有得吃。你快给他泡壶好茶,点心他要吃多少你就送多少,钱都归我算,小费也是我给。"跑堂的觉得奇怪:这位阔先生和那个穷老头子进门没说一句话,怎么就代他会东了?

　　"请问先生,他是你的亲眷?"

　　"我……我哪有这样的亲眷!"跑堂的点点头,"是啊,我也这么想,先生哪会有这样的穷亲眷。大约是你的邻居?"老头子的儿子一想:承认是邻居就应该说话;一说话,就要喊老子;喊了老子,刚才的谎话就要被戳穿。不能玩! 于是一摇头,"我也没这样的邻居。"

　　哪晓得这位跑堂的实在不知趣,偏偏要打破沙锅纹(问)到底:"既不是亲眷,又不是邻居,先生为什么要代他会东?""这个……"老头子的儿子心里急死了:是啊,无亲无故,代他会什么东? 如不说出个关系来,这个跑堂的有得问呢。"你实在要问,我就把实话告诉你,不过你要代我保密,不能对外人说。"

　　"请先生放一百个心。我决不会把你的话张扬出去。"

　　老头子的儿子故意把声音放得低低的,说:"这个穷老头子的儿媳妇长得很漂亮,我跟她常在一起……"

　　"哟唷,原来他的儿媳妇跟你相好,怪不得你要代他会东哩!"

　　这个跑堂的连走带跑,泡茶带点心,笑嘻嘻地送到老头子的桌上："老太爷哎,你放开量吃吧,吃不了就带回去吃,有人代你会东了。"老头子不相信:"少讲鬼话,哪个替我会东?""中间桌子上的先生代你会东。""什么,他替我会东?""对了,你应该去谢谢那位先生。""用不着谢。我吃他的是应该的。"

"应该的?"乖乖,这个老家伙脸可老哩。"老太爷啊,你说这话不怕人家骂你?""他敢骂我,我就揍他这个龟孙子!"跑堂的一听老头子的口气,以为他已经知道他的儿媳妇跟先生相好,不然说话的口气不会这么硬。

"老太爷,这么说,有件事情你一定知道了。""什么事情?""他跟你家儿媳妇相好……""不错,这件事我早就知道了。"

"不要叫,声音放低些。堂口人多,你不怕难为情?"

"我不怕难为情。我把实话告诉你,我的儿媳妇跟他相好才几个月,他的妈妈跟我相好已经几十年了!"

(季 萍)